# ひとりになったら、ひとりにふさわしく

## 私の清少納言考

下重暁子

草思社

# ひとりになったら、ひとりにふさわしく
## 私の清少納言考

ブックデザイン　重実生哉

# はじめに

昨年の夏は「枕草子」を原文で読んでいた。大学時代にパラパラめくっていたし、その後小冊子で「枕草子の季節感」の連載のためにもう一度、そして今度が三度目である。甘く見ていた。全文になると大部になることも、訳注があれば、なんとか理解できるはずとたかをくくっていた。

そして今回その気になって正面からぶつかってみると、実に奥深く、現代語と違って解釈が難しい。何度も投げ出したくなった。しかし、自分で言い出したことである。

ＮＨＫの大河ドラマが今回紫式部を取り上げた。「光る君へ」である。その話題の中で「私は清少納言の方が好きなんだけど……」と言ってしまった手前、「それなら私の清少納言考を書いてみたら」と言われて逃げ出すわけにはいかなくなった。

そこで一年ほど格闘することになった。平安時代の一人の秀れた女性作家と付き合うことで、なぜ清少納言に惹かれたかがわかった。その理由は、人間性である。「枕草子」からは、恥ずかしがり屋だが正直な清少納言の、生身の人間性が感じられる。

「源氏物語」のようなフィクションではなく、日々の暮らしで見つけた事ども、一条天皇の皇后定子《ていし》の元に宮仕えに出ることで見えてきた貴族社会の権力闘争をはじめとする虚実の数々。

初めは憧れであったものが、現実を知ることで、清少納言の物を見る目はいっそう磨かれ冴えわたる。遠く千年を経ても、今も同じである。人間とは何か、生きるとはどういうことか。現代に重ねても、違和感がない。

そして最後に残るものは、きらびやかな館でも、色鮮かな十二単でもない。ひとりになって見えてくるものは、人への想いである。

清少納言にとっては、定子というかけがえのない恋人。男でも女でもいい。思い出を反芻して生きる。ひとりになったら、ひとりにふさわしく……。

年を重ねて気が付いたことがある。日本の古からの芸能である能、狂言など、若い頃は退屈で、見ることはなかった。ある日、ふとつけたNHKのEテレで舞台中継を観て魅せられた。能「小野小町」と狂言「釣狐」だったか。勉強したわけでも、きっかけがあったわけでもない。今まで何もわからず関心のなかったものが、すっと心の中に入ってくる。言葉の一つ一つも。いったいなぜなのか。年を重ねて私の中に受け入れる土壌ができたとしか思えない。古典芸能と同様、「枕草子」もこの年になって初めて味わえる。清少納言の晩年に見る「あわれ」や「をかし」。

それを自分のものとする機会を得た。五十嵐麻子さんに感謝したい。

二〇二四年三月

## 目次

## 第三章　四季で知る「いとをかし」

## 第四章　清少納言は俳句人間？



## 第五章　ひとりになったら、ひとりにふさわしく

# 第一章　なぜ今、清少納言なのか

# 清少納言の生まれた時代

大学は、一応国語国文学科である。それらしいことをしたのは、窪田空穂《くぼたうつぼ》の長男・窪田章一郎教授から、短歌の鑑賞の仕方を教えられたのと、平安時代の名高い二人の女性作家、紫式部と清少納言の作品を、原文で読むことを憶《おぼ》えたことだったろうか。

この二人のあと、貴族の世から武士の時代になり、戦国時代を経て徳川幕府三百年の後、明治時代になって、ようやく日本は近代国家として鎖国をやめ外へ向かって国を開くことになる。

平安時代に花開いた女性による文学は、男達の時代、言葉を変えれば、戦に明け暮れ、力による政治が物を言う時代の間は、なりを潜めていた。そして明治・大正と進むにつれ、やっと息を吹きかえした。樋口一葉の登場である。平安時代からなんと凡そ一千年近くの間、口を閉ざさざるを得なかったのはなぜだったのだろう。男社会の中で、女達は物を書くことも言うことも忘れてしまったかのようだった。中には政治の場で男達に代わって世を取りし切った鎌倉幕府の源頼朝の御台所・北条政子や室町幕府の足利義政の正室・日野富子などの例があるにはあるが、文化面では、ほぼ見るべきものがない。

では、平安時代に紫式部や清少納言が現れて「源氏物語」や「枕草子」を書いたというのは突然変異だったのだろうか。そんなはずはない。この二人の他にも和泉式部や多くの女性が遺《のこ》した作品も数多く、歴史の必然があったことは想像できる。

一つには仮名文字が使われるようになり、貴族社会を中心に、和歌を詠むことが日常になり、特に男女の間では和歌で心を伝え、それに和歌で返すことが教養として必須のものになっていた。すでに万葉集などでも男女の相聞歌が数多く見られ、それまで幅をきかせていた漢字による文学に対して倭《やまと》文字、すなわち仮名文字が普及するにつれ、仮名文字を自由に操る女性達が女の手になる女文字の文学に挑み始めた。その中の両巨頭が紫式部であり、清少納言だったのだ。

紀貫之が「男もすなる日記といふものを女もしてみむとてするなり」と記した「土佐日記」を持ち出すまでもなく、その影響は男達の間にも流《は》行《や》り始めていた。

といってもほんの一握りの貴族階級に過ぎない。庶民は貧しい暮らしを強いられ天変地異も数多く、京都の加茂川の河原敷には死体が堆《うずたか》く積まれ、芥川龍之介の描く『羅生門』そのままに、死体から毛を抜いてかつらを作る老婆が出没したのも事実だったという。

そんな庶民の生活をよそに、優雅な貴族の暮らしがあり、それに憧れを抱く人々が多かったのもうなずける。まるで手の届かぬ人々はともかく、もう少しで手の届きそうな階層にあっては、娘を宮仕えに出すことで、ひょっとしたら……と夢見る人々がいても不思議ではない。

男達は、氏・素性が物を言い、貴族社会で上りつめるには、力が必要である。

しかし、そうした男達がたむろする宮中に娘を出仕させることで、チャンスを摑むことができるかもしれぬ。特に美しい女性には。その上、教養があり、和歌の一つや二つ軽妙に返すことのできる機転の利く女性は、自分の現在に満足せず、いつか宮中に入り自分の力を試してみたい思いもあったろう。

紫式部や清少納言はそんな中から、その才を認められて一条天皇の后の教育係として採用された人物なのだ。

清少納言は定子《ていし》、紫式部は彰子《しょうし》のそばにのぼって、和歌のみならず、漢詩などの手ほどきや、日常の話し相手として選ばれた女性であった。

清少納言の方が一足早く定子が后であった時に、定子側から嘱望《しょくぼう》され、その才を気に入られて、最初は慣れなかったものの、なくてはならぬ存在になっていく。

紫式部は同じ一条天皇の后とは言え、彰子という時の権力者である道長の娘に仕える形でその才を発揮した。二人の出仕時は微妙にずれていて、紫式部はすでに清少納言の噂はよく知っていたが、清少納言は紫式部のことは出仕時にはどの位知っていただろうか。

## なぜ今、清少納言なのか

二人の女性のうち、私が興味を持ったのは、清少納言だった。なぜなら、その文体にまず驚いたのだ。

「春は、あけぼの。やうやう白くなりゆく山ぎは、すこしあかりて、紫だちたる雲の、細くたなびきたる。」

「夏は、夜。……」

「秋は、夕ぐれ。……」

「冬は、つとめて。……」

と最初から体言止めで、リズムを取っている。これは清少納言が得意とする漢詩の影響なのか。

結論を先に言い切ってしまってから、その後に説明する、こんな思い切った文章を書くのは、男性の中にも数少ない。文章というより詩に近いのだ。

数ある文章の中で、説明すらなく、名詞という体言止めを並べただけで一つの作品に仕上げる。

「枕草子」はその意味で詩集に近い。かと思うと、次の段には、通ってくる男達との論争がある。ここでも決して彼女は負けてはいない。鋭い刃をつきつけて、男達をやっつける。

こんな女性は当時見当たらなかっただろうから、またたく間に面白い女がいる、男と同等に渡り合える、打てば響くような感性の持ち主として知れ渡ったに違いない。

私がまず清少納言に興味を持ったのは詩人としてだったと思う。短いものは詩そのものを暗示し、長い文章は、アフォリズム、詩論のようなものに思えた。

当時、私は早稲田大学で詩を専攻していて、卒論は萩原朔太郎だった。朔太郎も独特の詩とアフォリズムを多く残している。全く感性は違うものの、清少納言の言葉の使い方、思い切りの良い思考は、私には、詩だと思えて、近しいものを感じたのかもしれない。

日本の詩は、現代になるにつれて難解さを増したために、残念ながら多くの人に親しまれることが少なくなってしまったが、本来文学の中で最高位に置かれていたものが詩という表現形式であり、欧米の文学では今もなお詩が散文、小説、評論などの中で最高位に置かれている。

私は、清少納言の「枕草子」を原文で少しずつ読み進むうちに、その思いを強くした。リズム感、言葉の使い方、感性など詩人として最高位にあるものが、早くも平安時代、一千年近く前に現れていたのだ。一人の宮仕えをする女性の手によって。

その度胸の良さ！　男達もたじたじとする表現力を持っている女性は、ともすると男達から煙たがられたり可愛くないという理由で遠ざけられることが多いものだが、当時の貴族社会においてはそれをも面白がられたり、論争を試みたり、貴族社会の男性達も文化的に十分成熟している奇有《けう》なる時代だったと言っていいかもしれない。

などと言うと清少納言という女性が鼻持ちならない生意気な女性というイメージを持たれるかもしれないが、実際には宮仕え前には、田舎まわりの役人を父に持つ恥ずかしがりやの少女だったという。

しかし父は名を知られた歌人でもあり、その父が六十歳前後になって生まれた末っ子であり、父に愛されて少女の頃から才を十分に発揮していたと聞くとなんとなく合点がいく。

世慣れてはいなくても、彼女の中では幼い頃から十分に自意識が育っており、田舎まわりの出世下手の父の下で学問や教養という大切なものを吸収しながら、自分の置かれた環境が自分にはふさわしくない、いつの日か必ずその才を発揮できるという自信が芽生えつつあったに違いない。その意味では上昇志向と傲慢さをも併せ持って成長していったことは想像に難くない。

私自身がそうだった。小学校二年で肺結核にかかり、ほぼ二年間疎開先の奈良県の山の上の旅館の離れに隔離され同じ年位の子供達と学ぶことも遊ぶこともできず敗戦を迎え、軍人だった父は公職追放になり、社会的にも経済的にも追いつめられた暮らしの中で、決してめげてはいなかった。今の環境には決して呑み込まれない。いつかきっと私にふさわしい時代が来る。人付き合いが下手で、友達もいなくて孤独な少女だったが、自意識過剰でなぜだか自信があった。そして大学を出て就職し一人で生きることになって、開き直った所から道が開けた。清少納言にもその開き直りの強さを感じるのだ。

## 清少納言の家柄

では、清少納言の家柄はどうだったのか？　生まれた氏・素性が物を言う平安時代の貴族社会にあって、決して恵まれたものとは言えなかったらしい。その元を辿ることはできないと多くの学者は述べているし、『新潮日本古典集成』で校注を担当した萩谷朴氏でさえ「紫式部の場合のように、明確に跡づけることはむつかしい」と言っている。ただ、清少納言の父清原元輔は清原氏の系図の中に、その名を見ることができるという。推測によれば清原氏一族も早い時期に権力の座から遠ざかり、中下流の貴族に位置することにある種のあきらめを抱いている中で、清少納言の父元輔も、歌人として知られてはいるが、大切な歌合戦などにも召聘されることは少なく重用されていたとは言いがたい。

歌人として高く評価されるようになったのは、五十八歳の年に藤原実頼《ふじわらのさねより》の家での歌会に参加した頃からだというから、歌人としても遅咲きだったことがわかる。

清少納言が生まれたのはこの頃だと推定され、当時でいえば老境に足をふみ入れようという頃だったと見える。

元輔の名声が確定したのは、清少納言四歳の頃であって、父元輔のあとは辿れるものの、歌人としての父に尊敬の念と親しみを覚えても、母その人への思いは感じられない。母は早く亡くなったとも考えられる。

九歳になった頃、父は周防守《すおうのかみ》に任官し、少女になった清少納言は、父と一緒に瀬戸内を航海して周防に下った。その間、たまに歌会などに呼ばれることがあっても、果たして父はその都度、京へもどることが可能であったかどうか。その後築前守《ちくぜんのかみ》に任じられた時は、父と同行したかどうかは知るよしもない。

ただ清少納言への父親の影響ははかり知れず、父を尊敬し自らも、漢詩や漢文を勉強し、和歌を詠むことにも幼い頃から関心を持っていたことは疑う余地がない。

清少納言の実名は「諾子《なぎこ》」(「枕草子抄」)という説があり、作家三枝和子の小説に『小説清少納言 「諾子の恋」』(福武文庫)もあり、諾子とはよくも名付けたとうなずけるものの、あまり根拠がないらしい。

父は歌人として知られるようになったが、漢詩や漢文については、特別なものはなかったというから、清少納言の持つ漢詩・漢文の教養と知識は父のまわりの男達から刺激を受け自ら学び、父もその才能を花開かせる努力をした結果と言ってもいい。清少納言は後に仏教にも興味を持ち、多くの寺社の法師から学んだとも言うから、ともかく学ぶことの好きなキラキラした目をした少女だったと私自身は考えている。

十六歳で彼女は最初の結婚をする。相手は橘《たちばなの》則光《のりみつ》十七歳である。橘家は名家ではあっても則光自身は和歌を詠むなどとはほど遠く、文化的素養があったとは言い難い。この結婚に父の助言はあったのか、ともかく則光は、清少納言が和歌を詠むことを極端に嫌ったらしい。

その結婚は長続きせず、則光は一族の娘と再婚する。この時代、妻問婚であるから、男も女も、何人の夫や妻と契ったかなど自由であった。清少納言も何人の男を恋人にしたかはわからないが、夫のある身であっても、他の男と関係を持つことは当然と思われていたことは、「源氏物語」を見ればよくわかるし、清少納言も男達とのいきさつを如実に書くことにためらいを持ってはいない。

則光と別れてからは、清少納言はやんごとない貴族の家の女房として出仕し、そこから彼女の才が育ち、道が開けてくる。

時に三十歳前後で、和歌の贈答はもちろんのこと、寺院参詣や人の集う場所に少しずつ顔を出し、そこで貴公子達とも知り合い、淡い恋も知り、社交の場を得ることになっていく。

一方、高齢の父を喪った心細さからなのか、親子ほど年齢差のある受領《ずりょう》、藤原棟世《むねよ》と再婚。こうした例は当時よくあったらしい。若い頃、貴族の子弟と結婚、後に中年を過ぎた経済力のある男に落ち着くのが中下流階級の女性達が辿る例としては珍しくなかったという。

## 宮仕え——定子との出会い

後ろ盾になる父や親族もなく、その頃になって、清少納言の運が開けてくるとは、どういうことか。それまでに培った学力や教養が本物であったことを物語っていると思う。むしろ則光と別れ、これからは頼る者もなく、自分の力で生きていかなければならない。自立の精神の確かな芽生えというものがあったように思う。

定子の元に上ることになってからは、定子の話し相手としてのふさわしい学識と教養を所望される。今こそ自分の力が試されるチャンスが到来したと思うと、武者震いする気持ちだったろう。

しかし実際には、きらびやかな貴族社会にあって、定子のまわりを占めている貴公子達のみならず、仕えている女達も数多く、応待の一つ一つが洗練されている日常の中で、どうふるまっていいのか勝手がわからず、真っすぐに顔も上げられないほど。最初は借りてきた猫のようにおとなしく、物も言えなかったというから、宮中に慣れるには時間がかかった。

二度目の結婚の直前、三十歳前後という当時としては決して若くはない年齢でとまどっている清少納言の姿が目に見えるようだ。

則光との間に一男をなし、棟世との間には一女をなしてから、自分なりの生きる道を模索しあきらめていなかった清少納言は、定子側から声のかかったのをきっかけに宮仕えに出ることを決めたのだった。元輔の末娘が和漢の才に秀でていることはすでに有名で、寸鉄人を刺す言葉については知れ渡っていた。かくして才女清少納言の誕生である。

しかし甘えてはいられない。自分の望んでいた宮仕えで失敗することは許されない。後へは引き返せない。この場でしっかりと自分が必要とされる人物になるために、地位を築いていくしかないのだ。

こうした場に置かれると人は強くなる。

今まで漢詩・漢文を学び、父をはじめ、その友人知人達から吸収したことを自分のものとして発揮し、定子から認められる存在にならねば……。

土壇場に置かれて強くなる女こそ、本当に強い女だと私は思う。

清少納言はそれにふさわしい性格を持ち、自分で自分の道を見つけなければ生きていけない環境にあった。

そうは言っても初めての宮仕え、定子に気に入られるかどうかはわからない。幸運なことに、定子は人を受け入れるのにおおらかな性格であり、年に似合わずうぶな所の残る清女（清少納言）が気に入った。相性も良かったのだろう。

何より定子はすでに、清少納言と対等に渡り合えるだけの教養の持ち主であった。清少納言の打てば響くような会話を面白がり、自ら謎かけをして、清少納言を困らせたり、二人の会話は時を追うにつれ丁々発止、他の女達が入り込む余地のないほどに緊密なものになっていく。

清少納言を語るにあたっては、この定子との関係を欠くことはできず、定子と知り合うことによって清少納言の才能は開花したと言っていい。父やまわりの男達によって種子をまかれ、女として最高位にありながらこの上なく気の合う友人でもある定子との間柄が希有なる才を伸ばしたことは疑いがない。同様に定子もまた、清少納言の存在によって、教養をより深め、天皇の寵愛をこの上ないものにしていくことに役立った。

例えば、高校時代の教科書にもあった「枕草子」の「香炉峯の雪」の段。

雪の降り積もった日、定子は問う。

「香炉峯の雪は如何に？」

清少納言は即座に、

「御簾をかかげて見る」という漢詩の一節から、その行動を取ることによって定子の要望に答える。

こんなことはほとんどの女性にできることではない。漢詩の素養がなければ定子の質問に答えることはできない。

この段の二人のやり取りは見事に合致して、数ある「枕草子」の場面でも、実に美しく想像力に溢れたもので、多くの人にとっても名場面として知られている。

定子との間が深まるにつれ、清少納言という女性の魅力も輝きを増し、宮中の男達にとっても一目置かれる存在になっていった。

彼等は清少納言と会話し、文を交わすことによって彼女の人として、女性としての魅力に気付き、彼女の元に通う男達も当代きっての秀れた人達が多く、そのことによって清少納言の才能はより磨かれ、他に比ぶべくもないほど光り輝いた。

しかし「好事魔多し」。絶頂期は長くは続かなかった。

## 清少納言の危機（政変）

一条天皇の寵愛を一身に受けていた定子の身が危くなってきたのである。

バックに関白としての藤原道隆《みちたか》の威光があってこその定子であり、その教育係、話し相手としての清少納言だったのだが、道隆が病気で四十三歳の命を終え全てが一変してしまったのだ。

生前の道隆は、自ら亡きあとは、わが子伊周《これちか》に関白の座をと熱望していたのに、実際には自分の弟である道兼に受けつがれ、その道兼《みちかね》の急死によってさらにその弟である末弟の道長《みちなが》に移ることになる。

裏には女院《にょういん》の意向があったらしい。日頃から女院の藤原詮子《せんし》は長兄の道隆と仲が良くなかった。一条天皇の愛が定子その人に向き、寵愛が深まるにつれ嫁と姑の感情的なもつれが表面化していったものと思われる。定子はおおらかな性格だったというから、自ら姑に行動を起こすことはなかったろうが、叔母でもあり、姪の定子への天皇の寵愛を喜ぶどころか、機会あれば道隆に一矢むくいたいと思っていた中での道隆の死、自分の意見で次の関白が決まれば、定子にばかり行きがちな天皇の歓心を変えることができるかもしれぬ。女性は権力をふるうことはできなくとも、裏で男どもを操ることによって存在を示すことはできる。詮子はその時期を狙っていたものと見える。定子との感情のいきちがい、それに加えて神経質でわがままな伊周が父の跡を継ぐなどは黙って見過ごすことができなかったと見える。

こうした女院などが政変の裏に関与した例は、「源氏物語」を見てもわかる。

弘徽《こき》殿の女御の暗躍で源氏が須磨に流される一件などはその最たる例だろう。一見華やかに見える貴族社会の裏側にも権力をめぐって多くの陰謀が渦まいていたことが想像できるというものだ。様々な中傷や道長方の行動にうまく対処できるほど大人でない伊周はついに叔父の道長と衝突する破目になり、自ら墓穴を掘る形で政権から遠ざかっていく。そうした中にあって定子の立場は難しい。いくらおおらかな性格であったとはいってもその苦しみは生半可なものではなかったろう。

あげくの果てに伊周とその弟隆家は左遷されることになるが、それを拒否して妹である定子の元に潜伏しているのが知られ、二人は道長の命で逮捕されるまで追いつめられる。

事ここに至っては、いくら天皇の愛があろうとも、定子の身も安泰とは言い難い。そうした状況に行く先を案じた定子のまわりの女房達も結束は乱れ、道長方に通じようとするものやら、不穏な空気が漂い始める。

こんな中で清少納言はどうしたか。新参者でありながら、中宮のそばで特別扱いを受けていた清少納言を快く思っていない者達もいないではない。その才を嫉んで誹謗中傷の対象になることもあり、すっかり嫌気がさしてしまったとしても無理はない。

定子にすればこんな時こそ頼りになる清少納言がそばにいてほしかったろうに、四ヵ月もの長い間実家にもどってしまったのである。

実家とは、父元輔が幼い清少納言が将来困らないようにと、建てておいた住居のことである。

この四ヵ月の間、清少納言はいったい何をしていたのか、この時にかつてから書きたいと思い、定子からも許しを得ていた「枕草子」を書き進んだことは間違いがない。その証拠としては、伊勢守《いせのかみ》源経房《みなもとのつねふさ》が、彼女の実家を訪れた際、廂《ひさし》の間から差し出されたものの中に執筆中の「枕草子」が載っていて、そのことが「枕草子」が世に出るきっかけになったとも言われるが、果たして本当だろうか。

清少納言は「枕草子」を書き始めたものの、それが世に認められるかどうか不安だったろうし、道長がそのまわりに才のある女性達を集めていることを知るだけに、内心穏やかならざるものもあったに違いない。

四ヵ月の休みとは長いようだが、自分の体験した事どもを今書いておかねば機を逸するという清少納言の思いは、同じ物書きとしてよくわかる。今がその時なのだ。それを外しては時機を失する。その清少納言のあせりにも似た思い……。ともかく書いておかねばならない。

時の権力者に上りつめた道長が当時のときめく才女達を集めている噂は知っている。

わずか十二歳で入内《じゅだい》した愛娘彰子、その教育係に抜てきされた紫式部をはじめ、仲の良かった和泉式部等の女性達。なぜ自分に声がかからぬかの思いもあったろう。しかし定子との間柄を考えれば引き受けられぬこと、定子との間柄は恋人にも似た愛情で結ばれていたのだから。

## 清少納言と紫式部

定子との絆がさらに深くなったのは、皮肉にも、道長からのいじめともとれる行動が如実になったことがきっかけでもあった。

道長は娘彰子を十二歳とまだ少女のうちに入内させ、天皇にはいくら定子を愛しているといっても、権力を握る道長に反抗する力はなく、ここに、一条天皇をめぐって二人の后が並立するという珍事が実現したのである。定子を皇后と呼び、彰子は中宮になる。これを見て、清少納言の定子への思いはますますつのる。「枕草子」（第二百二十三段）にも書かれているように、最後の一人になっても決して定子のそばを離れまいと決心して、四ヵ月の休みの後定子の元へもどる。それを定子は、とがめるでもなく、ユーモアを交えて迎え、ほっとした清少納言もそれまでと同様、いやそれ以上に懸命に宮仕えにはげんだ。

もはや定子を守ることだけがつとめであり、道長方からの様々ないじめや政変を書き残すことが使命となったのである。

ところが、うち続く身のまわりの悲劇にたえかね、一条天皇の愛情だけを頼りに、一年ごとにたて続けに子供をみごもった肉体的な負担も追い討ちをかけたのか、定子は二人目の皇女の生誕を待つように亡くなってしまった。二十四歳という若さであった。

清少納言の心の支えは完全に失われてしまった。厳しい環境の中で定子への思いだけで、宮仕えを続けていた清少納言の意地もくじかれてしまった。

すでに三十五歳になっていた。それからあとの清少納言がどう過ごしたかは、よく知られてはいない。定子の遺児たちの下に仕えることも考えられたが、それも中宮となった彰子が面倒を見ることになってはもはや居場所はない。父の残した家にもどって、「枕草子」の完成まで書き続けることに心血をそそいだ。

すでに清少納言が則光の後結婚した藤原棟世との間にできた子供達も大きくなり、下の娘小馬命婦《こまのみょうぶ》も十歳になり一緒に住んだと考えられる。一方夫である棟世は六十四歳という老齢になり、宮仕えに出た妻に今さら文句を言うでもなく、迎え入れたのであろう。

そのあたりは、諸説あって、清少納言の晩年は謎になっているが「枕草子」だけは清少納言の思いを乗せたまま確実に残されたのである。

さて彰子の教育係として道長から抜擢された一方の才女紫式部はどうしたか、清少納言との違いをながめてみよう。

この世の春となった彰子の元にあって彼女の才もまた大きく開花する。

道長の歌、「この世をばわが世とぞ思ふ望月の　欠けたることもなしと思へば」。

道長という人は権謀術数を駆使して権力を手中に収めた後、相手方をめった打ちにして、再び立ち上がる力をなくしたのを見て、以後温和に扱うあたり、実に見事な政治家である。恨みを恨みのまま残すのではなく、許す方向に持って行き、太平をもたらすという老獪さを持ち合わせていた。

しかし、彼が、彰子のために蒐《あつ》めた女性達はそうではなかった。

恋多き女として知られる和泉式部などは、定子方の清少納言の才をスカッと認めていたが、紫式部はそうではなかった。

「枕草子」の中に書かれた紫式部の夫藤原宣孝《のぶたか》や従兄藤原信経《さねつね》についての描写を決して許すことができなかった。

清少納言の直情的にものを言うその言葉によほど傷ついたのだろう。清少納言の方にも自分より若くして力を発揮した閨秀《けいしゅう》作家・紫式部に思う所あったのか。しかし、それほど深い悪意があったとは思われない。

というのは清少納言という人の性情は、ねちこく誰かに妬みを持つという所が、その言動からして感じにくく、むしろ紫式部が必要以上に清少納言を意識した結果だと思う。もう一つ紫式部の氏・素性は辿ることができるほどしっかりしたものだったために、位の低い清少納言から言われたことを許せなかったこともあろう。この時代いくら女自身に才があろうとも、男の係累が物を言ったのである。

『清少納言こそ、したり顔にいみじう侍りける人。さばかりさかしだち、真名書き散らして侍るほどもよく見れば、まだいと足らぬこと多かり。かく、人に異ならむと思ひこのめる人は、かならず見劣りし、行末うたてのみ侍れば』(「紫式部日記」)

紫式部の恨みは激しく、決して許すことはない。現在の清少納言への悪口、さらに清少納言の将来にまで思いを馳せる。

このことから見ても紫式部という人はその作品「源氏物語」の精巧さから見ても人に心の内を見せることがなく、優秀なだけに、かえって煙たがられることもあったのではないか。まわりの女官達からは尊敬されても近づきにくい所があり、性格的にも清少納言とは違って隙のない人物のような気がするのである。

## 「枕草子」は紙を手に入れることから始まった

紫式部にしろ、清少納言にしろ、物を書くという武器を手にしていたからこそ、お互いに相手の悪口を書くこともできたし、文字の上で思いを発散することができた。その頃の女性達がほとんどそうした武器を持たず、宮仕えをする者達も恋愛の場面で男から来た手紙や和歌に返事を書くことがあっても、それは紙（いわゆる和紙）を用いて書くことは少なかった。紙の代用をするもの、例えば、大きめの葉っぱであったり、扇や紙製品に思いのたけをつらねることがせいぜいだった。ましてや長文の物語や日記などを書きとめたいと思ってもその紙がなかった。当時紙は高価な貴重品だったのである。

したがって紙を多く手にすることができたのは、一部の権力者であり、その意向を受けた者だけが持つ特権であった。

紫式部や清少納言がいかに書き残したいものがあっても、とうてい一人では成しとげることができなかった。

ではどんな方法があったたか。それは権力者から認められてまず紙を手に入れなければならない。しかも大枚となると、その才が知れ渡っていなければならない。

特に女の場合、男の判断が大きく物を言った。男達は、中国から渡って来た漢詩や漢文を学ぶために必須のものとして貴族や知識人のみが持つ特権である紙は行き渡っていた。しかし女達、いかに才ある宮仕えの女性でも紙を手に入れることは困難だった。

定子や彰子など皇后や中宮になる女達はそれ相応の教養を身に付けるために手に入れることができただろうし、清少納言や紫式部はその教育係として、日頃から紙を手に入れる方法はあったのだろう。

といっても物語や随想など長いものには、男の権力者の協力が必須だった。

例えば「源氏物語」という長い長い物語は、それだけの紙があってこその産物だった。しかもそれが完成するまでの間、絶え間なく提供できる人物といえば、時の権力者、藤原道長をおいて他にはいない。華麗な物語は紫式部の才があっても、もし紙を存分に使うことができなければ、完成しなかった。言葉を変えれば道長の協力なしには日の目を見ることがなかった。

といったあたりから、紫式部の道長愛人説が出て来ても不思議ではない。

源氏の君のモデルは時の権力者、道長を模したものであり、そこに登場する多くの女性達が一人の男をめぐる女達の物語なのである。「源氏物語」のすばらしさは、光源氏というこよなく美しく才能に恵まれた男性の物語ではなく、その男をめぐる多くの女達その一人一人が、生き生きと個性を持って描かれている所にある。特に私の好きなのは位の高い女性よりも、空蟬《うつせみ》や夕顔など地方まわりの官吏の妻や市井で見つけた女性など。末摘花《すえつむはな》に至っては鼻の長い醜女と呼んでもいい女性を描いている所だ。

「いづれの御時にか女御更衣あまた候ひ給ひける中に……」で始まる「源氏物語」の最初に出てくる桐壺など決して位の高い家の女性ではないが、天皇の寵愛を受けたところから光源氏の誕生に始まっている。

では一方の清少納言に紙を大量に与えた人物は誰なのか、その権力と定子との関係性から見て道長の兄、道隆だったと考えるのが妥当かもしれない。けれどそれは明確ではなく、道隆に最も近い定子を通じてだったとも考えられる。

それとも道隆のまわりにいた清少納言の才を知る男達が考えたものだったのか。

いずれにしろ、大量の紙を提供する男が清少納言のそばにいたことは間違いがない。さらに定子から「めでたき紙二十」を賜った記述がある。一節には定子の兄伊周か。その事実があってこそ私達は今もその才筆を賞《め》で、日本初ともいえる女の手になる随想を読む幸せに恵まれたのだと言うべきだろう。

「枕草子」という題は清少納言自身が名付けたものと言われるが、かくして「徒然草」など一連の男達の随想と並べられる文学として後世まで残ることになった。

その他にも「和泉式部日記」「更級日記」などの日記文学といわれるものに大量の紙が使われた。

ここでもバックに男達の力があって女の優れた文学が残ったことは間違いないが、男達に大枚の紙を提供させる才ある女達がいて初めてできた文学であった。そうした女達がいてこそ、貴族文化が今も知られる形で残されたのだ。

## 清少納言が愛した男達

清少納言には、二人の夫がいる。十六歳の時に結婚した橘氏の長男則光、十七歳が最初の夫と言われる。ふつうは初婚の貴公子は年上の妻をめとることが多かったというが、この場合、夫と妻でなくなった後にも、兄・妹と呼びあって仲良くしていたという記述があり、そこから一つか二つ違いで則光が上だったと考えられている。

多分、父元輔をめぐる人脈の中から選ばれたと思われるが、後々まで仲良くしている所から決して気が合わなかったわけではないけれど、則光は和歌を詠むことを清少納言に禁じるほど、当時の貴族趣味は持ち合わせず、清少納言とはまるで文化圏が違っていたため、一男則長《のりなが》が生まれてしばらく経って、橘一族の娘と再婚したというから、この結婚は長くは続かなかった。

清少納言にとってそれは不幸なことではなく、自ら夢見ていたやんごとなき家に勤めることで、貴族社会への足がかりを得たといえよう。

むしろ一度目の結婚がうまくいかなかったことが、才を生むきっかけにもなったと言えるだろう。

この時期に、和歌の贈答や父について寺院参詣をするなど、人の集まる場に顔を出す機会があり、その折に出会う貴公子達との交流から恋を知ることにもなっていく。則光との結婚はいわばお見合い的要素が強く、若い娘にはそれに見合う男性が夫と定められ、そこには本人達の意志はなく、親や親族の意向で決められたのだろう。

それは表向きの結婚で、妻問婚が大っぴらに認められていたから、その他に何人の男と付き合っても黙認されていた。今で言う不倫がまかり通っていたわけで、その意味では自由に男女関係が成立したとも言える。「源氏物語」はその集大成だが、もてる男は光源氏の様に何人もの女性と関係を持ち、何人もの妻のような存在がいたわけだが、言葉をかえれば、女性もまた訪れる男達と係わることで何人ものパートナーがいたことにもなる。もてる女には、ひきもきらぬ恋人の存在が可能だったとは、なんとも羨ましい。その仲は人の噂にのぼることはあっても現代の「文春砲」もなく、ましてや不倫の烙印を押されることもなかった。

高貴な女性にも恋人は存在した。「源氏物語」の天皇の妃である藤壺に於ける源氏のごとき、決して表沙汰にしてはいけない恋だからこそ燃え上がるものもあったであろう。そうした高貴な女に仕える女性達は他の人に知られぬように秘事を隠したり、中には手引きをするものもいて、清少納言も少しずつそうした世間を知っていくことになる。宮仕えには口が堅いこと。人に知られてはならぬ秘事を守ることが必須の条件となる。

さて清少納言自身はどうだったのか。多くの貴公子を見聞きするにつれ、秘かに心を燃やす憧れの君ができても不思議はない。

その最たるものが藤原実方《さねかた》との恋であった。

実方のような眉目秀麗の貴公子に憧れ、その訪れを秘かに待っている可憐な清女もいる一方で、才女のほまれ高い清少納言と係わりを持ちたいと、訪れる男達もいる。藤原行成や定子の兄伊周など、その他にも多くの男達が言い寄ったであろうが、才媛清女と互角に渡り合える男はなかなかいない。

言葉や歌のやりとりの間に、たじたじとなって逃げ出す破目にもなる。

よくある才女の悲劇である。

中には、ひょんなことから結ばれることもあったろうが、むしろ彼女とは話をしている方が楽しいので、長話をしてしまって、白々と朝が訪れるということも多かったのではないか。

その証拠に、実方とおぼしき男性が一晩中扉をたたき続けたのに、それにも気付かずに過ぎた出来事などさぞかし清女は口惜しく残念な思いをしたことだろう。

多くの男性に囲まれその才をほめそやされても本当に恋人と呼べる男性はいなかったのではないか。

# 第二章　「枕草子」の美意識

## 「いとをかし」を味わう

「枕草子」には、実に様々な形容詞や副詞がとび交う。その一つ一つが見事に清少納言の美意識を表しているが、中でも数多登場するのが「をかし」「いとをかし」という表現である。一つの段落の中にいくつも使われていることもあるが、彼女が「をかし」と呼ぶものすなわち彼女の興味をそそるものを見ていくと、決して良いものや美しいものだけではないことがわかる。一見正反対のものですら「をかし」とかえって興味をつのらせている。それを見ていくと清少納言という人の理解がすすむかもしれない。第二章ではそうした部分を取り上げて見ていきたい。

段の全文でなくとも、その一部だけで、彼女の興味のありようが、窺えるのだ。

### 第三十六段　自然描写の巧み

『地《つち》ありく童女《わらはべ》などの、ほどほどにつけて、「いみじきわざしたり」と思ひて、常に、袂まぼり、人のにくらべなど、「えもいはず」と思ひたるなどを、そばへたる小舎人童《こどねりわらは》などに、引き張られて泣くも、をかし。』

外出の折などに目にした光景だろうか、見慣れた殿上に仕える童女ではなく、ごく一般の庶民の女の子がおめかしをして、袂に気を付けたり、他の人の着物と見くらべたり気取っている様子が描かれている。そして満足げに気取って素晴らしいと自画自賛しているのが何ともほほえましい。晴れ着を着た時に女の子がよく陥る錯覚で、何度も自分の姿を確かめたり自分の姿に酔うという少女にあり勝ちなシーンが描かれている。

そこに邪魔が入る。貴人に仕える召使の少年である。彼はいたずら盛り。そのまま通り過ぎることができず、ついちょっかいを出したくなる。

調子づいてふざけているついでに、女の子の晴れ着を引っ張りたくなる。

自分に酔っていた女の子は夢破られ、現実にもどって泣いてしまった。

おめかしをしたといっても化粧はしていたかどうかはわからぬが、せっかくの晴れ着がいたずら坊主の犠牲になって泣き出す様子が目に見えるようだ。その風景を清少納言は「をかし」と思って見ている。

彼女の目には、大人ぶって歩いている女の子の姿が印象的なのだが、それを大人になり切らぬ少年がちょっかいをかけて泣かせてしまった。決してほめられたことではないのだけれど、子供達に悪気はない。大人になる前の男と女の姿を垣間見た気がする。ちょっとしたこんな光景を見逃さないのが清少納言である。

この第三十六段は『節《せち》は、五月《ごぐわち》にしく月はなし。』で始まり、五月にまさる月は他になく、その五月がなぜ良いかを、説明しているのだが、『紫《むらさき》の紙に楝《あふち》の花、青き紙に菖蒲《さうぶ》の葉、細く巻きて結《ゆ》ひ、また白き紙を根してひき結ひたるも、をかし。』という自然描写の中に何気なく、先刻のエピソードを入れている。とたんに静止していた絵が動き始める。

その生き生きとした描写に引き込まれてしまう。

清少納言の文章は、自然描写が実に巧みで細かく描かれているのだが、実は人が登場する場面の方に私は心惹かれる。

エピソードのバックに描かれてこそ、自然描写も生きてくると思うのだ。

## 第四十段　「蟻はいと憎けれど」

『蟻《あり》は、いと憎けれど、軽《かろ》びいみじうて、水の上などを、ただあゆみにあゆみありくこそ、をかしけれ。』

『虫は、
鈴虫。
茅蜩《ひぐらし》。
蝶《てふ》。
松虫。
蟋蟀《きりぎりす》。
促織《はたおり》。
われから。
ひを虫。
螢《ほたる》。』

と始まる第四十段の中に描かれているのは、蓑虫《みのむし》のエピソードである。

『蓑虫《みのむし》、いとあはれなり。鬼のうみたりければ、「親に似て、これも恐ろしき心あらむ」とて、親の、あやしき衣《きぬ》ひき着せて、

「いま、秋風吹かむをりぞ、来むとする。待てよ」

といひおきて、逃げていにけるも知らず、風の音をきき知りて、八月《はちぐわち》ばかりになれば、

「ちちよ、ちちよ」

と、はかなげに鳴く、いみじうあはれなり。』

虫ではまず清少納言のお気に入りの虫を並べる。その後に蓑虫というとも醜いものを置き、その子を置いて親は逃げてしまう。秋風の吹く頃には帰ってくると言ったその言葉を、子供は信じて待っている。

「ちちよ、ちちよ」と鳴くのがいかにも悲し気で、心に残る一節である。

人間に置きかえるとあわれさはひとしおである。

この短い物語の配置の絶妙さ、清少納言の本領発揮とも言える。

この段をしめくくるのに持って来たのが、蟻である。

蟻は、決して好きではなく、むしろ憎いものだけれど、その身軽さはたいしたもので、水の上などをどんどん歩きまわっているのが、興味深い、と言う。

水の上で蟻がどんな動作をするか、私は気を付けて見たことがないが、夏の夕方など水まきをして蟻が逃げまどう様を見た清少納言は、身の軽さにいたく感心してしまったのだろう。

「ただあゆみにあゆみありく」という言葉に蟻の不意をつかれた行動が想像できる。

果たして蟻は歩いているのか飛んでいるのか、必死に脚をばたばたさせている様が

「ただあゆみにあゆみありく」という言葉が表している。

必死に生きようという蟻のけなげさを見て、その姿をわが身に重ね合わせて、「いと憎」かった蟻がいつのまにか「をかしけれ」に変身している。

蟻や蓑虫をも擬人化してその上に思いを馳せるのが清少納言の特徴である。

## 第四十七段　動物の好み

『馬は、

いと黒きが、ただいささか白きところなどある。

紫の文つきたる葦毛《あしげ》。

淡紅梅《うすこうばい》の毛にて、鬣《かみ》・尾など、いと白き。げに「ゆふかみ」ともいひつべし。

黒きが、足四つ白きも、いとをかし。』

この段から、第四十八段、第四十九段と近くにいる動物の好みを描いている。

まず馬についてであるが、黒い馬が好みだということは動物にもきりりとしたものを求め、黒一色では面白味がないと思ったのか、いささか白きところなどもあるのが良い、ということは、当時の家畜の中で、清少納言が美しいと思う黒くて少し白いさし毛のある馬がそばにいたのであろうか。

加えて「紫の文つきたる葦毛」。紫がかった斑のある葦毛というから灰色がかった葦毛の馬に紫がかっている文様があるのは、当時の貴族の好きそうな優雅な色をした馬ということであろう。

さらに薄紅梅の毛色で鬣、尾などだけがはっきりと白いのが薄紅梅に映えるのが美しいという。「ゆふかみ（木綿髪＝馬のたてがみの白いもの）」とも言えるというのは、白い尾や鬣が木綿に似ていたからなのか。

最後に重ねて黒い馬をもう一度出してくる。黒い馬の脚だけが四つ白いもの、なかなかの観察力である。私も競馬場で馬を見るのが好きである。賭け事が好きというより、私の場合は美しい馬を見に行くといった方がいい。だから自分の気に入った馬を見つけるために、レース前のパドックでいつまでも馬を見ている。それがかなわない時は、テレビ中継のパドックを目を皿にして見る。見た目に美しい馬が強いのだ。歩き方、体のしまり具合がその馬の調子を表しているからだ。人間でも、その日の顔色や様子を見れば、調子がわかるように、動物の場合は如実に表れる。美しくて気に入った馬を見つけて買えば、単勝ならまず間違いがない。

黒という色は精悍さを表している。きりりと頼もし気に強く見えるから、清少納言が黒い馬を最初に取り上げるのも当然と思える。

もう一つ清少納言が好きなのが黒い猫である。私も猫好きで、いつも一緒に暮らす猫が居たから、猫のことを書いた第四十九段に目が行く。

『猫は、

表《うへ》のかぎり黒くて、腹いと白き。』

とある。背中全体が黒くておなかが真っ白なのが好みのようだ。

二匹と同じ模様の猫はいないというから、黒白二色であってもその色の配置はみな違っている。背中が真っ黒でおなかが白というのが彼女の好み、馬も猫も清少納言の好みは同じである。

## 第五十六段　子供好き

『稚児は、あやしき弓・笞《しもと》だちたるものなどささげて遊びたる、いとうつくし。車などとどめて、いだき入れて見まく、欲しくこそあれ。

また、さていくに、薫物の香いみじうかかへたるこそ、いとをかしけれ。』

清少納言は、牛車《ぎっしゃ》に乗って出かけるのが好きである。この時代の人にしては珍しく外出をして、車の中から見る風景や季節に敏感に反応し、目にしたものを描いていく。外出に使われたのは牛車である。人を乗せた車を曳くのは牛であり、馬は、公達《きんだち》が一人で騎乗するものだった。

ある日清少納言の目に留まったのは、市井で遊ぶ子供達であった。粗末な弓や棒のようなものをふり上げている所を見ると、男の子であろう。その姿がなんとも可愛い。牛車をとめて、抱いて車に乗せてみたいし、もらって行きたくなる。こういう描写を見ると、清少納言が子供好きであることがよくわかる。

彼女にも子供はいた。初婚の則光との間には男の子が、その後結婚した棟世には女の子がいたはずだが、市井の子供まで抱き取って連れ帰りたいというのは相当なものである。

連れ帰ったりしたら現代では誘拐犯であるが、当時はどうだったのか。

車を留めて抱き取るという具体的な描写にその熱意のほどがうかがわれて心配になってくる。

クールな女性と思われている清少納言だが、実は母性も強く、自分の子供だけでなく、見知らぬ庶民の子にも関心を寄せているのだ。

その抱え入れた子供の着物からいい匂いが漂ってくるなどは、本当に興味深い。匂いというのはこの時代の美意識の一つの象徴であり、「源氏物語」の後半に出てくる二人の若君、匂宮《におうみや》と薫大将《かおるだいしょう》はその典型である。いずれも宇治十帖の主人公だが、二人共その衣にたきしめた香りから匂宮、薫大将と呼ばれるほど時代を代表する人物だった。

清少納言が抱きかかえた子に薫物の香がむんむんと香ってくるということは「いとをかしけれ」を表すのにふさわしい。

偶然行きがかりに会った市井の子に香るものがたきしめられているということは、その子が、貧しい市井の子ではないことを示している。

やんごとなき出生の子であるか、教養のある家の子であるということがわかって、清少納言は心惹かれるものがあったのに違いない。

## 第六十四段　草や花に人を重ねる

『草の花は、

瞿麦《なでしこ》。唐のはさらなり。日本《やまと》のも、いとめでたし。

女郎花《をみなへし》。

桔梗《ききやう》。

牽牛子《あさがほ》。

刈萱《かるかや》。

菊。

壺菫《つぼすみれ》。

龍胆《りんだう》は、枝ざしなどもむつかしけれど、異花《ことはな》どもの、みな霜枯れたるに、いと花やかなる色あひにてさし出でたる、いとをかし。』


草の花はなでしこ、秋の七草を清少納言は賞でる。同じなでしこでも、唐なでしことはセキチクのことで、やまとなでしこはカワラナデシコのこと、龍胆については他のものが霜枯れた中にその色あいも鮮やかなのがいとをかし、目立って美しいと言う。

この段では、雁緋《かにひ》の花が藤の花に似て春秋と咲くのがをかしとある。さらに八重《やえ》款冬《やまぶき》。夕顔については朝顔と二つ並べると名前こそ似ているがウリ科とヒルガオ科と全く縁がない。その実は大きく、ほおずきほど小さければまだ可愛げがあるのに。それでもなお「夕顔」という名に清少納言は惹かれている。私も全く同じである。「源氏物語」の四帖「夕顔」も、それゆえ大好きだ。

『しもつけの花。

葦《あし》の花。

「これに薄《すすき》を入れぬ、いみじうあやし」と、人いふめり。秋の野の、おしなべたるをかしさは、薄こそあれ。穂先の蘇枋にいと濃きが、朝霧に濡《ぬ》れてうちなびきたるは、さばかりのものやはある。秋の果てぞ、いと見どころなき。色々に乱れ咲きたりし花の、かたちもなく散りたるに、冬の末まで、頭《かしら》のいと白くおほどれたるも知らず、むかし思ひ出で顔に、風になびきてかひろぎ立てる、人にこそいみじう似たれ。よそふる心ありて、それをしもこそ、「あはれ」と思ふべけれ。』

清少納言の興味は、秋の花ならその秋の装いだけにとどまらない。その秋の花が冬になって形もなく散った先に思いを馳せる。特に他の花々が散った後に残った薄は、頭が白髪になりざんばら髪になっても気付かず、いかにも昔懐かしげな顔で、ゆらゆら立っているのは、人間の姿にとてもよく似ている。彼女の思いは、草の上にも花の上にも人の姿を思い浮かべるのだ。人の老いを、父の姿に見たのか、夫の上に見たのか、それはまた己が姿にも通じるのかもしれない。

この自然を見て、草や花の姿に人を重ねて考えるのは、第六十三段にも見られる。

『草は、
菖蒲《そうぶ》。
菰《こも》。葵《あふひ》、いとをかし。』

といとをかしと思える草を並べ、その後唐葵《からあふひ》が日の影にしたがって、太陽の光につれて、かたむいていく姿がまるで人間のようだと言っている。日が当たる時と日が沈んでいく時の違いを見て、「草木といふべくもあらぬ心なれ。」と、ここでも人間と重ねて見ているのが印象深い。

## 第百九段　いみじうをかしかりしか

『卯月の晦《つごもり》がたに、泊瀬に詣でて、「淀《よど》の渡り」といふものをせしかば、船に車を舁《か》き据《す》ゑていくに、菖蒲《そうぶ》・菰《こも》などの、末短く見えしを取らせたれば、いと長かりけり。菰積みたる船のありくこそ、いみじうをかしかりしか。「『高瀬の淀に』とは、これを詠みけるなめり」と見えて……。

三日、帰りしに、雨のすこし降りしほど、「菖蒲《さうぶ》刈る」とて、笠のいと小さき着つつ、脛《はぎ》いと高き男《をのこ》・童《わらは》などのあるも、屏風《びやうぶ》の絵に似て、いとをかし。』

四月の月も終わりに、清少納言は長谷寺に詣でた。長谷寺は大和の国長谷郷《はつせ》にあり、そこの十一面観世音菩薩《ぼさつ》は石山、清水と並んで霊験あらたかで人が絶えず訪れるところ、そこへ行くのに淀川を渡って船旅をする。

木津川、宇治川、桂川の合流点が淀の水郷であり、ここから「淀の渡り」をして船に乗っていく。船からの眺めは彼女にとっても珍しいもので、「いとをかし」である。途中、菖蒲、菰などがほんの少し葉末が見えたので従者に頼んで取らせたら、なんとその長いこと、水面に出ていたのはごく一部だから短かったのだ。

菰を積んだ船が川面を通り過ぎていくのがなんとも趣があって、「いみじうをかしかりしか」である。

「菰枕高瀬の淀に刈る菰のかるとも我は知らで頼まむ」という古今集の和歌があるが、この風景のことだったのかと合点がいった。

「高瀬の淀に」とは、多分山崎という場所であろう。

ここは今も風光明媚な所で、私も、ここにある大山崎の地点から絶景を見たことがある。「高瀬舟」というのも、ここを往来したのでそう呼ばれていたのであろう。

当時としては船旅で出かけるのは思い切った旅だった。

四月の終わりに出て帰りが五月の三日というから相当な長旅である。帰りはあいにく小雨が降っていた。その中で五月五日、端午の節句のための菖蒲を刈る男を見かけた。

小さい笠をかぶり、脛を出している少年の姿、どこかで見た風景だ。

菖蒲を題にした屏風の五月の歌絵にある、袴を高く括り上げて裸の脚を出し、菖蒲を掘る少年……たしか「貫之集」などにも歌に合わせた絵があったはずと思うだけで、清少納言の感慨はひとしおなのである。

## 第八十九段　言葉遊びを楽しむ

『上《うへ》の御局《みつぼね》の御簾《みす》の前にて、殿上人、日一日《ひひとひ》、琴・笛、吹き遊び暮らして、大殿油《おほとなぶら》まゐるほどに、まだ御格子《みかうし》はまゐらぬに、大殿油差し出でたれば、戸の開《あ》きたるがあらはなれば、琵琶《びは》の御琴《おんこと》を、縦《たた》ざまに、持たせたまへり。

紅の御衣《おんぞ》どもの、いふも世の常なる袿《うちぎ》、また張りたるどもなどを、あまたたてまつりて、いと黒う艶やかなる琵琶に、御袖をうちかけて把《とら》へさせたまへるだにめでたきに、稜《そば》より、御額《ひたひ》のほどの、いみじう白うめでたく、けざやかにて、はづれさせたまへるは、譬《たと》ふべきかたぞなきや。

近くゐたまへる人にさし寄りて、

「半《なか》ば『遮《かく》したりけむ』は、得かくはあらざりけむかし。あれは、ただ人にこそはありけめ」

といふを、道もなきに分けまゐりて申せば、笑はせたまひて、

「『別れ』は、知りたりや」

となむ仰《おほ》せらるるも、いとをかし。』

清少納言もようやく定子のそばに宮仕えするのに慣れてきた。

清涼殿の御簾《みす》の前に殿上人達が一日中笛や琴など吹きならして遊んでいる。優雅な一日が暮れかけて燭台に火をともす頃になり、まだ格子を下げていない所に燭台をさし出したので、戸の開いた所からその姿がまる見えなので、琵琶を膝の上に立てて顔を隠した。

それでも額だけは外れて見える。

紅のお召し物に打衣《うちぎ》の糊張りたものを何枚も重ねて、黒い艶やかな琵琶に袖をかけて持っている姿だけで素晴らしいのに、額のあたりが白くくっきりと見えているのが、た

とうべくもなく美しい。

隠したつもりの額のあたりが見えてしまったのを清少納言は見逃さない。

早速得意の漢文の中から「白氏文集《はくしもんじゅう》」（白楽天）の詩を引用してそばにいた人に近づいて、

「『半ば遮《かく》したりけむ』と「白氏文集」にはあるが、あれは身分の低い人のことを歌ったのだから、こんな美しいながめではなかったでしょうね」

とささやく。

すると、隣のその人は人の間を縫って今の話を定子に伝えに行く。

定子はそれを聞いて、お笑いになり「『別れ』は、知りたりやとなむ仰せらるるも、いとをかし。」

清少納言は、「自分が琵琶を弾かずに持っているわけがわかっているのかしらね」とだけおっしゃったのが「いとをかし」とあるが多分これも「白氏文集」からの引用であり「別れ」とは何を指すのか、こうした漢詩を引いた言葉遊びは宮中では日常茶飯事、定子と清少納言の会話、まわりの男達の会話にはこうした例文が飛びかい、清少納言も会話することが得意で楽しかったとみえる。

# 第百二十四段　個性の違いに気付く

『九月《くぐわち》ばかり、夜一夜《よひとよ》降り明かしつる雨の、今朝はやみて、朝日いとけざやかに射《さ》し出でたるに、前栽の露は、滾《こぼ》るばかり濡《ぬ》れかかりたるも、いとをかし。透垣《すいがい》の羅文《らんもん》・軒の上などは、掻《か》いたる蜘蛛《くも》の巣の毀《こぼ》れ残りたるに雨のかかりたるが、白き玉をつらぬきたるやうなるこそ、いみじうあはれに、をかしけれ。

すこし日闌《た》けぬれば、萩などのいと重げなるに、露の落つるに枝うち動きて、人も手触れぬに、ふと上《かみ》ざまへあがりたるも、「いみじうをかし」といひたる言《こと》どもの、「ひとの心には、露をかしからじ」と思ふこそ、またをかしけれ。』

朝露の輝くばかりの美しさは、清少納言でなくとも「いとをかし」と言いたくなる。

前夜一晩降っていた雨が朝になって上がって、朝日がさんさんと射す風情。

旧暦の九月は今の十月だが、日の光は強い。庭の植え込みの露はこぼれんばかり、緑の葉は洗い流したかのように生き生きとし、冴え冴えとした色は、「いとをかし」と清少納言も心洗われる思いである。枝や竹などで間を透かして作った垣根の模様、軒の上には蜘蛛の巣がかかっており、その破れかけた巣の残った部分に雨がかかって白い玉をつらぬきたるようなるこそ「いみじうあはれに、をかしけれ」である。雨上がりの蜘蛛の巣ほど美しいものはない。私は蜘蛛の巣の美しさに惚れぼれする。あの小さな体のどこからあの強くて繊細な糸が出てくるのか、紋様は誰から習ったのか。巣を作り終えると蜘蛛は姿を隠して獲物を待つ。

南米パラグアイの首都アスンシオンからイグアスの滝へ向かう途中、赤、青、緑と色あざやかな糸で蜘蛛の巣編みを作る村があった。外国では蜘蛛やその巣を吉祥のものとして崇める所も多い。日本ではあまり重用されず気味悪がられるが、清少納言は、美しいものは美しい、をかしいものはをかしいという、その潔さが好きだ。

少し時間が経つと、雨に濡れた萩などは重たげに頭を垂《た》れていたのが、露が落ちるにつれて、枝が動いて、その枝が上へはね上がってくるのも「いみじうをかし」と清少納言の観察眼は実に細かい。

しかしそうした興味を持たない人も多くいる。「ひとの心には、露をかしからじ」。他の人はなんの感慨もない。

自分が興味を持ち感激するものに他人は全く関心を持たない。それも「またをかしけれ」。

人の興味の持ち方はそれぞれ。すでに清少納言は自分の個性、そして人との違いに気付いている所が新しい。個の面白さに気付きそれを大切にしたいと言っているのだ。

## 第八十四段　紫の優美

『なまめかしきもの。

ほそやかにきよげなる君達《きむだち》の、直衣《なほし》姿。

をかしげなる童女《どうぢょ》の、表《うへ》の袴《はかま》などわざとはあらで、ほころびがちなる汗衫《かざみ》ばかり着て、卯槌《うづち》・薬玉《くすだま》など長くつけて、高欄のもとなどに、扇さしかくしてゐたる。

薄様《うすやう》の冊子《さうし》。

柳《やなぎ》の萌え出でたるに、青き薄様に書きたる文つけたる。

三重《みへ》がさねの扇。五重《いつへ》はあまり厚くなりて、もとなど憎げなり。

いと新しからず、いたうもの旧りぬ檜皮葺《ひはだぶ》きの屋《や》に、長き菖蒲《さうぶ》をうるはしう葺きわたしたる。

青やかなる簾《す》のしたより、几帳の朽木形いとつややかにて、紐の吹きなびかされたる、いとをかし。

白き組の、細き。

帽額《もかう》あざやかなる簾の外《と》、高欄に、いとをかしげなる猫の、赤き頸綱《くびつな》に白き札つきて、鎖《つがり》の緒、組の長きなどつけて、曳きありくも、をかしうなまめきたり。

皐月《さつき》の節《せち》の菖蒲《あやめ》の蔵人《くらうど》。菖蒲《さうぶ》の蔓《かづら》、赤紐の色にはあらぬを、領巾《ひれ》、裙帯《くたい》などして、薬玉、親王《みこ》たち・上達部《かむだちめ》の立ち並みたまへるに、たてまつれる、いみじうなまめかし。取りて、腰にひきつけつつ、舞踏し拝したまふも、いとめでたし。

紫《むらさき》の紙を、包み文にて、房ながき藤につけたる。

小忌《をみ》の君達も、いとなまめかし。』


「枕草子」に一番多用されるほめ言葉は「いとをかし」である。「をかし」＝興味深い、興をそそられる。清少納言が何を面白がるのかがわかる言葉である。必ずしも好きなものや一般に良いと言われるものばかりでなく、他に登場するほめ言葉としては「めでたきもの」「なまめかしきもの」「愛しきもの」「嬉しきもの」などがある。「めでたきもの」で強調しているのは紫の色。

第八十四段の中では、『すべて、なにもなにも、紫《むらさき》なるものは、めでたくこそあれ。花も、糸も、紙も。』とあり『六位の宿直姿《とのゐすがた》のをかしきも、紫のゆゑなり。』とあり清少納言の一番賞でているのは紫の色だとわかる。紫はその時代高貴な色と言われていたから当然のことでもあるが、ライバルの紫式部が紫の色をその名に使っているのをなんと受け取っていたのだろうか。

紫の優美な賞でたさに色っぽさが加わったのが、優艶美すなわちなまめかしきもの。君達の衣冠束帯の正装より寛いだ直衣姿がなまめかしいのと同様、童女の装いも袴を省いた姿にくだけたなまめかしさがある。

さらに簾の外の高欄にかわいい猫が赤い頸綱に白い札つけて、組紐の長いのをつけてひきずって歩く姿もなまめかしいと言う。

長い紐を引く薬玉を親王や君達にさし上げるのもなまめかしいし、それを腰に帯びて舞踏する姿はなまめかしいを通りこしていとめでたしとなる。

## 第二百五十八段　もっとも嬉しきこと

『嬉《うれ》しきもの。

まだ見ぬ物語の、一を見て、「いみじうゆかし」とのみ思ふが残り、見出でたる。さて、心劣りするやうもありかし。

人の破《や》り棄《す》てたる文を継ぎて見るに、おなじ続きを、あまた行《くだり》見続けたる。「いかならむ」と思ふ夢を見て、「恐ろし」と胸つぶるるに、事にもあらず合はせなしたる、いと嬉し。

よき人の御前に、人々あまたさぶらふをり、昔ありけることにもあれ、今きこしめし、世にいひけることにもあれ、語らせたまふを、われに御覧じ合はせてのたまはせたる、いと嬉し。

遠きところはさらなり、おなじ都のうちながらも隔たりて、身にやむごとなく思ふ人の悩むをききて、「いかに。いかに」と、おぼつかなきことを歎くに、おこたりたる由、消息《せうそこ》きくも、いと嬉し。』

初めて見る物語の一の巻を読んで清少納言はとても感動し、ぜひ続きを読みたいと思っていたが、残りの巻を読んでみてがっかりした。嬉しさが強かっただけに落胆も大きい。

しかし人の破り捨てた手紙を継ぎ合わせて何度も同じ続きをくり返し読んで文章がつながった時の嬉しさといったらない。

どうなることかと気になる夢を見、恐ろしくて心配になるが、大したことではないと夢解きをしてくれる人がいると嬉しい。

高貴な人の前に人々が集まって昔の出来事など噂して語っている時、私に目配せして、話してくれる時は嬉しい。

遠いところはもちろんだが、都のうちでも離れて暮らしている人が病気だと聞いて心配でたまらなかったのに、その消息を話してくれたのが嬉しい。

『想ふ人の、人に褒められ、やむごとなき人などの、口惜しからぬ者に思《おぼ》しのたまふ。もののをり、もしは、人といひかはしたる歌のきこえて、打聞《うちぎき》などに書き入れらるる。みづからのうへには、まだ知らぬことなれど、なほ思ひやるよ。』

恋人が人からほめられ、高貴な人がその人のことをなかなかしっかり者だなどと言うのも嬉しい。

晴れの席で誰かと贈答した和歌が書き残され評判になったりするのも嬉しいことだ。まだ経験はないけれどと清少納言は謙虚である。

『物合《ものあはせ》、何くれと挑むことに勝ちたる、いかでかは嬉しからざらむ。また、「われは」など思ひてしたり顔なる人、はかり得たる。女どちよりも、男は、まさりて嬉し。「『これが答《たふ》は、かならずせむ』と思ふらむ」と、常に心づかひせらるるも、をかしきに、いとつれなく、何とも思ひたらぬさまにて、たゆめ過ぐすもまた、をかし。』

勝負事で勝つのは嬉しくないことがあろうか、得意顔した人をまんまとだませた時、相手が女より男の場合は特に嬉しい。勝負とは和歌なのか話題なのか、どちらにしろ負けず嫌いの清少納言の面目躍如である。さらに、

「憎き者の、悪しき目見るも、「罪や得らむ」と思ひながら、また嬉し。」

特に憎い人に罰が当たったと思うとさらに嬉しいと言う。

「刺櫛《さしぐし》磨《す》らせたるに、をかしげなるもまた、嬉し。」

その後、恋人から最後に定子が登場する。「御前に人々ところもなくゐたるに、いまのぼりたるは、すこし遠き柱基《はしらもと》などにゐたるを、疾《と》く御覧じつけて、「こち」と仰せらるれば、道あけて、いと近う召し入れられたるこそ、嬉しけれ。」

ぎっしりと女房達が座っている中で、あとから参上したのに定子が目ざとく見つけて「こち」こちらへと言うと、他の女房達が道をあけて定子のそば近くに召し入れられること。清少納言のもっとも嬉しきことなのである。

## 第百四十四段　小さいもの全て、可愛い！

『愛《うつく》しきもの。

瓜《うり》に描《か》きたる乳児《ちご》の顔。

雀《すずめ》の子の、鼠鳴《ねずな》きするに躍り来る。

二つ、三つばかりなる稚児《ちご》の、いそぎて這《は》ひ来《く》るみちに、いと小さき塵《ちり》のありけるを、目ざとに見つけて、いとをかしげなる指《および》にとらへて、大人毎《おとなごと》に見せたる、いと愛《うつく》し。

頭《かしら》は、尼削《あまそ》ぎなる稚児の、目に髪のおほへるを掻《か》きはやらで、うち傾《かたぶ》きて、ものなど見たるも、愛《うつく》し。

大きにはあらぬ殿上童《てんじょうわらは》の、装束《そうぞ》きたてられて歩《あり》くも、愛《うつく》し。

をかしげなる稚児の、あからさまに抱《いだ》きて遊ばし、愛《うつく》しむほどに、かいつきて寝たる、いとらうたし。』


可愛らしいものは、まくわ瓜に描いた乳のみ児の顔。雀の子がちゅっちゅっという声で呼ぶとぴょんぴょんとんで来る。

二、三歳の稚児が急いで這ってくる道に小さな塵が落ちているのを目ざとく見つけて、かわいい指で取り上げて大人に見せる様もとても可愛い。大柄ではない男の子が、衣装をひきずって着て歩くのも可愛い。きれいな幼児をちょっと抱いてあやし、可愛がっているうちに、すがりついて寝てしまうのは、本当に可愛い。

清少納言は子供が好きだ。そこここに子供の描写が出てくるが、小さな塵を拾いあげる様子など実に細かく見ている。

子供に限らず小さいもの全て、可愛らしく美しいという。

『雛《ひひな》の調度《てうど》。

蓮《はちす》の浮葉《うきは》のいと小さきを、池より取り上げたる。

葵《あふひ》のいと小さき。

何も何も、小さきものは、みな愛《うつく》し。』なのである。

『いみじう白く、肥えたる乳児《ちご》の、二つばかりなるが、二藍《ふたあゐ》の羅《うすもの》など、衣長《きぬなが》にて、襷結《たすきゆ》ひたるが、這ひ出でたるも、また、短きが袖がちなる着て歩《あり》くも、みな愛《うつく》し。八《や》つ、九《ここの》つ、十《とを》ばかりなどの男児《をのこご》の、声はをさなげにて、書《ふみ》読みたる、いと愛《うつく》し。』

白くよく太った乳児が、二歳位だろうか衣を長くひきたすきで結んで、這い出すのも、八つ、九つ、十ばかりの男の子が、声はまだ幼いのに、声をあげて書物を読んでいるのも、可愛い。

『鶏《にはとり》の雛《ひな》の、脚高《あしだか》に、白うをかしげに、衣短《きぬみじか》なるさまして、「ぴよぴよ」と、かしがましう鳴きて、人の後先《しりさき》に立ちて歩《あり》くも、をかし。また、親の、ともに連れて、立ちて走るも、みな愛《うつく》し。

雁《かり》の卵《こ》。

瑠璃《るり》の壺《つぼ》。』

鶏の雛すなわちひよこの脚が産毛の中から出ているのは、子供がつんつるてんの着物を着ているようで、ぴよぴよと鳴きながら人にまとわりつくように歩くのも面白いが、親鶏と共につれ立って走るのも可愛い。雁の卵、瑠璃の壺も小さいのはみな可愛いのだ。

ここまではいつもの「をかし」いものの表現だが「枕草子」には良くないものの表現も多いのだ。

# 第九十二段　いやなものはいや

『あさましきもの。

刺櫛《さしぐし》すりてみがくほどに、ものにつきさへて折りたる心ち。

車のうち覆《かへ》りたる。「さるおほのかなるものは、ところ狭《せ》くやあらむ」と思ひしに、ただ夢の心ちして、あさましうあへなし。

人のために、恥づかしう悪《あ》しきことを、つつみもなくいひゐたる。「かならず来《き》なむ」と思ふ人を、夜一夜《よひとよ》起き明かし待ちて、暁がたに、いささかうち忘れて寝入りにけるに、烏《からす》の、いと近く「かか」と鳴くに、うち見開けたれば、昼になりにける、いみじうあさまし。

見すまじき人に、ほかへ持ていく文見せたる。

無下に知らず見ぬことを、人のさし向かひて、あらがはすべくもあらずいひたる。

物うちこぼしたる心ち、いとあさまし。』

装飾用の櫛を磨いている時に、布にひっかけて櫛の歯を折ることがある。

牛車がひっくり返るのもあさましい。そんな大きなものが、あたりが狭く思えるほどどっしりしていて、転覆するなど考えられないのに、夢でも見た気がして、あきれて拍子ぬけがする。当人にとって恥ずかしいことを無遠慮に言うのがいやだ。

それよりも何よりも、清少納言があさましく思うのは、必ず来るはずの人を一晩起きて待っていて、暁になって気がゆるんで寝入ってしまったら、近くで烏が「かか」と鳴いて目をあけたら、もうお昼になっていた。なんとも残念でもあり自分にあきれてしまう。ひょっとしたら待ち人はその間にも来たかもしれないのだ。そう思うと口惜しく自分に腹が立ってくる。こんなあさましい自分の姿！

その思いは他のことにかえがたい。

見せてはならない人に使者が他の人への文を見せてしまった。なんと言っていいのかあさましいとしか言い様がない。

物か何かをひっくり返した時の気持ちも、あさましい。そのために物がこわれたりわれたりすることがある。

清少納言は待ち人を待つうちに寝てしまった自分と、物を落としてこわした時の気持ちを、同じ文章で「あさましい」と括る。一見関係のなさそうなことを並べることで、その時の気持ちをより鮮明に記そうとする。

良くないものを表現するには、よりはっきりと伝えたいと思うと様々な言い方になる。

「ねたきもの」「かたはらいたきもの」など多くの表現の中で清少納言の良くないことの表現は、良い表現より細かくはっきりとしている。「いやなものはいや」という清少納言のはっきりした性格がここにも表れていると思うのだ。

## 第九十三段　おしゃれの極意

『口惜《くちを》しきもの。

五節《ごせち》・御仏名《みぶつみやう》に雪ふらで、雨のかきくらし降りたる。

節会《せちゑ》などに、さるべき御物忌のあたりたる。

いとなみ、いつしかと待つ事の、障りあり、俄かにとまりぬる。

遊びをもし、見すべき事ありて、呼びにやりたる人の来《こ》ぬ、いと口惜し。

男も女も、法師も、宮仕へ所などより、同じやうなる人もろともに、寺へ詣《まう》で、物へもいくに、好ましうこぼれ出で、用意よく、いはばけしからず、「あまり見ぐるし」とも見つべくぞあるに、さるべき人の、馬《むま》にても車にても、ゆき合ひ見ずなりぬる、いと口惜し。わびては、「すきずきしき下種《げす》などの、人などに語りつべからむをがな」

と思ふも、いとけしからず。』

口惜しきものには、雪が降ってほしい時に雪にならず、雨が一日中降り続く天候に文句は言えない。

同様に正月をはじめ節会の大事な日に、宮中の大事な物忌みの日と重なること。準備をととのえて待っていた行事が当日になってとりやめになる、確かに口惜しい。演奏やら遊び、見せたい物もあって人を招いているのに、呼びにやった人が来ない、こんな口惜しいことはない。

同僚と連れ立って寺に詣でたり、物見遊山に行く時に、しゃれた好みの衣を着て趣向をこらし、それがあまりにも度をこしてしまうのもかえって見苦しく思える。馬や車で移動してそれを途中で見られることもなく終わるのはとても残念。

清少納言をはじめ、この時代の人たちは、人のおしゃれに実に厳しい。それがまた噂の種になる。したがって外へ出かけ人目に触れる際の服装は要注意だ。

趣向をこらし、おしゃれするのもほどほどにしないと、あまり目立って度を過ぎるのはほめられない。見苦しいと思われてしまうこともあるのだ。

その様子は馬や車で出かけて人と出会うことなくすんでしまうのも残念で、趣味の豊かな下人なんかが見てせめて人に吹聴してくれるといいんだが……などと思うのも、実にけしからんことだ。

清少納言の美意識は実に微妙である。おしゃれし過ぎるのも、あまり目立つのも良くないし、そのことに気付いて誰か噂にでもしてくれないかなと思うのももっとけしからんと言う。

たしかに現代にも通じるおしゃれのコツはさり気ないことだ。いかにもおしゃれしましたと目立つのは本当のおしゃれではない。ましてや、そのおしゃれを人に吹聴してもらおうなんていうのは本当のおしゃれとはほど遠いと言える。

## 第百四段　恋とは厄介なもの

『見苦しきもの。

衣《きぬ》の背縫ひ、肩に寄せて着たる。

また、のけくびしたる。

例ならぬ人の前に、子負ひて出で来たる者。

法師陰陽師《おんやうじ》の、紙冠《かみかぶり》して祓《はらへ》したる。

色黒う憎げなる女の、仮髪《かづら》したると、鬚がちにかじけ、痩せ痩せなる男、夏、昼寝したるこそ、いと見苦しけれ。なにの見るかひにて、さて臥いたるならむ。夜《よる》などは、容貌《かたち》も見えず、また、みなおしなべて、さることとなりにたれば、「われは憎げなり」とて、起きゐるべきにもあらずかし。さて、早朝《つとめて》は、疾く起きぬる、いと目やすしかし。夏、昼寝して起きたるは、よき人こそ、いますこしをかしかなれ。えせ容貌《かたち》は、つやめき、寝腫れて、ようせずば、頬ゆがみもしぬべし。かたみにうち見かはしたらむほどの、生けるかひなさや。

痩《や》せ、色黒き人の、生絹《すずし》の単衣《ひとへ》着たる、いと見苦しかし。』

着物の背筋の縫目をどちらかの肩に寄せて着たり、また逆にだらしなく首筋を出し過ぎたのは見苦しい。

珍客の前に赤子をおぶって出て来た者。法師、陰陽師の形だけ神職をまねて紙の冠をつけたのも不つりあいで見苦しい。色が黒く不細工な女が、かもじを入れているのと、ひげもじゃのしなびてやせている男が昼間から添い寝しているのは、いと見苦しい。何のとりえがあって昼日中に同衾しているのか。

清少納言は見苦しいものも見逃さず、男女の姿にも厳しい。

昼間の明るいうちからの同衾などもってのほか。夜は、誰でもみなそうすることにきまっているから、不細工だからといって男と寝ずにいるわけにもいかない。朝は早く起きてしまうのが無難なのだ。夏、昼寝して起きたのは、高貴な人ほど風情もあろうというものだが、不細工な人は、よだれで、てらてら光りむくんで、下手をすると顔がいびつになってしまう。そんな男女がお互い顔を見合わせた時ほど、生きがいのないものはない。

やせて色黒の人が生絹の単衣など着ているのは、実に見苦しいものだ。高貴な位にある人でも、みな顔が美しいわけではない。清少納言は、面喰《めんく》いである。彼女の気に入る男は、顔も美しく品もあり位も高い人でなければいけない。

彼女が一生憧れ続けた藤原実方などはそのどれをとっても揃っており、清少納言の思いはつのるばかりだが、そういう相手の前では借りて来た猫のようにおとなしくなってしまうのだろうか。他の男達の前では自由奔放にふるまい、漢学などひけらかし男を言い負かしているのに。いつの時代も誰にとっても恋とは厄介なもの、素の自分を見せることができない。

# 第百五段　口に出しにくいもの

『いひにくきもの。

人の消息《せうそこ》のなかに、よき人の仰せ言などの多かるを、はじめより奥まで、いひにくし。

恥づかしき人の、物などおこせたる返りごと。

おとなになりたる子の、思はずなることを訊くに、前にてはいひにくし。』


口に出しにくいもの。

口に出しにくいものとは、見苦しいものなので口に出しにくいということなのだ。

手紙の中に高貴な人からの自分宛ての言葉が沢山出てくるのを読み上げると、いかにも自慢たらしく思われるかもしれないし、その言葉づかいをそのまま読んで聞かせたのでは、どこか尊大ぶっているように思われて気がさすと、清少納言は言う。初めから終わりまでどれも言いにくいものである。

立派な人が贈りものをしてくれたのに対するお礼の口上。

思春期を迎えた娘が思いもかけないことについて質問するのだが、人前では口に出しにくい。

ここに出てくる「おとなになりたる子」というのは、少女が肉体的に成熟したことを指している。したがって成熟したばかりの子が意外な出来事に驚く「思はずなること」とは初潮があったということを指す。

肉体的にはすでに成熟した大人であっても精神的にはまだ無邪気な、十二、三歳の少女である。

人前もはばからずにその困った出来事について母親などに質問し、質問された側が説明に困ってしまう。

娘が自分に直接言ってくれればまだしも下僕の女などから初潮のことを耳にした母親が娘になんと言って教えたらいいのか、面と向かって切り出しかねているのだ。

私の場合も、全く私自身教えられていなかったので困ってしまった。

夏休みの終わり頃だったと思う。下着の汚れに気が付いて、けがでもしたのかと思い、母に聞いてみた。

母は驚いた。まさかそんなに早く初潮が訪れるとは思っていなかったのであろう。

たしか小学六年生の夏休みだったから十二歳になっていたはずだが、その頃としては早かった。

第二次世界大戦が終わって学校にもどってまもなくで、当時の私は背も高く（その後伸びなくなって小柄なのだが）、精神的にもおませで、大人の本ばかり読んでいたから、他の女の子より早くて、母はまだ先のこととのんびり構えていたようだ。

大人になったしるしなので、お赤飯を炊くと言われたが、なんのことやら私にはぴんと来ず、困ったことになったと一人考えていた。

## 第百三十四段　人は見かけによる

『取りどころなきもの。

容貌《かたち》憎さげに、心悪《あ》しき人。

御衣《みぞ》 編糅《ひめ》の、ふりたる。

これ、「いみじう万《よろ》づの人の憎むなるもの」とて、いまとどむべきにあらず。また、「後火《あとび》の火箸」といふ言《こと》、などてか、世になきことならねど、この草子を、「人の見るべきもの」と、思はざりしかば、「あやしきことも、憎きことも、ただ思ふことを書かむ」と思いしなり。』

見た目の容貌と心ばえとどちらかが良ければいい。片方が良ければ救いもあるが両方悪くては話にならないと、清少納言の品さだめは厳しい。人を見る目は正確で、「人は見かけによる」のだ。その人の心の内は見かけの容貌や、行動にいやでも表れてしまう。私も昔は人は見かけによらず見かけだけで判断してはいけないと思っていたが、最近はその人の姿形にその人の内側が表れてしまう例をいくつか見てきた。長年人を見てくると、何が良くて、何が悪いか、いわゆる形だけの美男子、美女などを美しいとは思わず、すべて内面が映し出されて、それ全体がかもす雰囲気全てを見て判断するようになる。

清少納言の人を見る目は厳しいが、内面と外見どちらも大事で、内面が映し出されたものを美しいと思う。宮仕えによって沢山の男や女を見ることによって、目が肥えてきたというべきだろう。

洗濯糊の腐ったものなど、全くいやなものだけれど、全ての人が嫌いなものだからといって今更ここに書くのをやめるわけにはいかない。

「後火の火箸」などという諺も火葬のあとの骨拾いの竹の箸など世間では役に立たないものの例と思われている。

「この草子は、人の目に触れるべきものなど、思いもしなかったから、下品なことも不快なこともただ思いついたことを書こうと思ったのだ」

「枕草子」をしたためた理由を述べているが、珍しく、言い訳めいた清少納言の言葉である。

特に「人の見るべきもの」と思わなかったからと言っているが、「枕草子」を彼女が書いた理由のどこかには、「人の見るべきもの」という思いはあったはずである。

この時代の日記文学は、自分のために書くだけのものではなく、どこかで他人が見ることを意識している。特に女の手になる「和泉式部日記」にしろ「紫式部日記」にしろ、誰かがいつか読むことを意識している。「枕草子」も日記文学に近いものだが、清少納言がそのための紙を手にした時にすでに人の目に触れることは意識していたはずだ。もしくはそのことを望んでいたと思う。

## 第百四十段　発想と連想のユニークさ

『恐ろしげなるもの。
橡《つるばみ》の梂《かさ》。
焼けたる野老《ところ》。

芡《みづふぶき》。

菱《ひし》。

髪多かる男《をとこ》の、洗ひて乾《ほ》すほど。』

恐ろしげなのは、橡の実ということはどんぐりを指している。

橡の実の梂は、同じ科目の椎《しい》やイチイのそれよりも大きくてとげとげしくて恐ろしそうである。

ヤマノイモ科の野老《ところ》、同じ科のヤマイモ、ナガイモよりもひげのような根を多く出して、見たところも醜く、それを皮ごとに焼いた焼けのこりがいかにも恐ろしげである。

菱の実の棘も鋭くて怖い。

まず植物で恐ろしいものを四つ並べて、次に清少納言は男の姿の中で髪が多くおまけに剛毛でその髪を洗ったあと逆立つものがいやだと連想していく。「枕草子」の特徴は無関係と思えるものを並べて意外性を表すところ、その発想がユニークで、とんでもないものに連想がいく所が「いとをかし」なのである。

## 第百四十二段　下品に見る暮らしぶり

『卑しげなるもの。

式部丞《しきぶのじょう》の笏《しゃく》。

黒き髪の筋わろき。

布屛風《ぬのびやうぶ》の新しき。古《ふ》り黒みたるは、さるいふかひなきものにて、なかなか何とも見えず。新しう仕立てて、桜の花多く咲かせて、胡粉《ごふん》・朱砂《すさ》など彩《いろど》りたる絵ども描《か》きたる。

遣戸厨子《やりどづし》。

法師のふとりたる。

まことの出雲筵《いづもむしろ》の畳。』


下品なものは式部丞の笏。様々な忘れないための紙をはりつけているのが汚い。それをはがしたあとも醜い。

黒い髪のちぢれたのも良くない。

布張りの屛風は表が粗く、その上へごてごてと桜の花、しかも満開のものなど描いたのも安っぽくて下品だ。

胡粉や辰砂《しんしゃ》などを使って彩った絵なので、よけいいやになる。

両開きの厨子はいいが片開きのものは引き戸になって下品に見えるというのは、清少納言の好みなのだろう。

連想はひろがり、仏に帰依する僧侶が太っているのも下品だ。仏に仕える身なのだから修行してやせて、鶴のような方が徳が高く見える。

太って脂ぎっているのはいかにも俗悪で似つかわしくない。

男の姿を比べ人間を批評したあとで再び出雲筵《むしろ》の畳を出してくる。出雲筵は粗っぽく、縁《ふち》をつけてないので、宮中で目にする縁つきの畳と比べると本当に卑《いや》しげに見えるというのだ。

## 第百四十八段　むさくるしく煩わしいもの

『むつかしげなるもの。

繡《ぬひもの》の裏。

鼠の子の、毛もまだ生《お》ひぬを、巣の中《なか》よりまろばし出でたる。

裏まだつけぬ裘《かはぎぬ》の縫ひ目。

猫の耳の中《なか》。

殊に清げならぬところの、暗き。

ことなることなき人の、子などあまた、持てあつかひたる。

いと深うしも心ざしなき妻《め》の、心ち悪《あ》しうして、久しう悩みたるも、夫《をとこ》の心ちはむつかしかるべし。』


むつかしいとは、ここではむさくるしく煩わしいもののことを指している。まず目が行ったのが、錦織の刺繍の表は美しいのに裏がえすと余りの糸が出ていて不整理で乱雑で汚くてやり切れない。

清少納言という女は、常に物事の表面だけでなく裏をも見ている。それでこそ真実が見えてくるというものだ。

むつかしい＝むさくるしい、そして乱雑で汚くてやり切れないものへの連想に移っていく。

さて次の連想は鼠の子の毛もまだ生えていないで薄桃色の肌が見えているから、気持ちが悪い。そんな小さなのを巣の中からころがし出したりするのは、いやだ。

裏をまだ付けていない皮製品は縫代を多くとるところから表面の毛がはみ出していかにもむさくるしい。

猫の耳の中にも毛がびっしりはえていて、脂垢《あぶらあか》の溜まったのも見えたりしてやはりむさくるしい。これも実によく猫の耳を観察している。私は、毛が沢山生えているのは猫の耳があまりに薄いことにあると思う。ピンク色をして日の光が透いて見えたりして、観察していると、私にとっては「いとをかし」なのだが、確かに時々汚れが気になる。あの薄さは気になるところで、梶井基次郎は、猫の耳を見ていると切符切りでパチンとやりたくなる、と言った。かつて駅の改札では、自動ではなく、いちいち人が切符に穴を開けて、通過を確認したものだった。暗く清らかでない所がむつかしくなる。身分の高い人でもないのに子供など沢山作って持てあましているのもむさくるしい。ここから家庭、親子の間柄、夫婦間に目が行く。

たいして深い愛情もない妻が、体の具合いが悪くて長らく病人でいるのも、夫の気持ちはさぞうっとうしいことだろう。

夫婦間も愛情があればこそ、相手の身を気づかい心配するものだが、愛情がないとうっとうしい存在になると言う。

清少納言の夫婦はどうだったのか。結婚はしたが、愛情があったかといえば疑わしい。

最初の則光とは兄妹のような親しさがあったが、ずっと年上の二人目の夫にはお互い愛情が持てず、彼女は宮仕えで出会う男との会話を楽しみ、この段の夫婦は彼女自身の話でもあるのだろうか。

## 第二百四十五段　汚いもので筆が走る

『いみじうきたなきもの。
蛞蝓《なめくじ》。
えせ板敷の箒《ははき》の末。
殿上の合子《がふし》。』

たいへん汚いものと清少納言の筆はますます冴えわたる。蛞蝓。なめくじとはこういう字を書くのか、いずれにしろ、私がこの世で一番嫌いなものはなめくじ、その意味で清少納言と通じる。

なめくじは湿っぽい腐りかけた板敷の裏などにいることが多いと言う。梅雨時、なめくじを見かけると一日中不愉快だ。

姿があるようでなく、どうにでも変化しつつ移動する。その跡がついているだけで無気味だ。

その上に、私が嫌いな理由は、塩をかけるとなくなってしまうといわれていること。少なくとも現存したはずのものが消えてしまうということが、なんとも気味悪いのだ。本当に何も無くなってしまうわけではないのだろうが、それを本当だと思わせる所がいやだ。

そのなめくじを煎じて飲むのが、のどの薬だったという話がある。かつて瞽女《ごぜ》という盲目の女芸人がいた。その中で人間国宝に上りつめた長岡瞽女・小林ハルさんも、声を良くするために子供の頃なめくじを煎じて飲まされたと聞いた。

拙著『鋼《はがね》の女《ひと》　最後の瞽女《ごぜ》・小林ハル』(集英社文庫)で取材中に聞いた話である。

腐りかけた縁側を掃く箒《ほうき》も、使い古して先がちびているので汚らしい。朱ぬりの蓋付きのお椀で清涼殿に置かれているものは共用で、しかも枕にも利用したそうだから、不潔この上ない。

## 第二百四十六段　怖くてたまらないもの

『せめて恐ろしきもの。
夜《よる》鳴る神。
近き隣に盗人の入りたる。わが住むところに来たるは、ものもおぼえねば、何とも知らず。
近き火、また恐ろし。』

清少納言の怖くてたまらないのは夜の雷。確かにその記憶は私の幼少期の体験でも残る。私が生まれた父の転勤先の宇都宮（栃木県）は雷の名所、閃光が窓の外に走り、階段をころげ落ちる地響きと共に落雷する。幼子が一人寝かされていた恐怖が忘れられない。

そうした自然現象に加えて清少納言は人事の恐ろしさを続けている。

近くに入った泥棒、ましてわが家に入った場合は無我夢中で恐怖も何も感じない。

近くで火事がある。当時は板、紙など自然素材の家だったから恐ろしかったろう。鍵をかける習慣もなく夜忍んで来る男達もいるが、中には泥棒もいるから要注意、彼女の思いは様々に飛ぶのだ。

## 第三章

# 四季で知る「いとをかし」

# 春はあけぼの

『春はあけぼの。やうやうしろくなり行く、山ぎはすこしあかりて、むらさきだちたる雲のほそくたなびきたる。』

この、第一段を何回読んだことだろう。この文章を書き始めるにあたって、私は何も見ずに書いてみた。書けた！　ちゃんと憶《おぼ》えていた。感激だった。私のどこかに「枕草子」が、清少納言が住んでいる。

それを呼びもどし思い出せばいい。

送り仮名が少し違っていたが、学生時代に憶えたものは生きている。

かつて曙というハワイ出身の大相撲の横綱がいた。彼はサインを頼まれると、「春はあけぼの　曙」と書いたこともあるという。ハワイ出身の横綱が「枕草子」を知っていたのだ。それとも誰かが教えたのか？

かつて放送局に勤めていた頃、朝早い生番組に毎日出ていたことがある。

まだうす暗いうちに起き出して迎えの車に乗ると、空が少しずつ明けてくる、その微妙な変化に見とれた。

やうやうしろくなり行く山ぎは少しあかりて、しらみつつある山際の空が明るくなって、紫がかった雲が細くたなびいているのがいい。

一昨年（二〇二二）年まで三年ほどフジテレビの早朝生番組のコメンテーターとして一ヵ月に一回通っていた。新型コロナが感染拡大した時も番組が続く限り、その時も迎えの車の中で朝を迎える。お台場まで高速に乗りレインボーブリッジを渡る。その頃街は目ざめ、山ぎわならぬ高層ビルの上の空が少しずつ明るんできた。時代変われどあけぼのは毎朝訪れる。

## 頃は

『頃は、正月・三月・四月・五月・七八九月・十一二月、すべてをりにつけつつ、一とせながらをかし。』

折につけ、一年中「をかし」という清少納言がはずしている頃は、二月・六月、そして十月である。なぜ二月・六月・十月を入れないのか。今の暦でいえば十月は、天気といい風景といい一番良い季節のはずだが。良い月ではなかったのか。二月は厳寒、六月は梅雨があるので好きではなかったとして納得はいく。では雨が嫌いかというと、長雨《ながあめ》の日には恋人である男の寄りかかっていた簾の残り香が、『まことにをかしうもありしかな』といい、その香が雨にしめって艶なる風情をさらに増していると雨の夜を賛美している。しかしこれは、五月の長雨の頃と思われる。

雨は物思わす風情あるもので、「枕草子」にも数多く登場する。「眺《なが》め」という言葉は「長雨《ながめ》」から出たとも言われるが、長雨には、外へも出られず、ただ眺める、物思いにふけるという意味が込められている。

「源氏物語」にも有名な「雨夜の品さだめ」のくだりがあって、公達たちが、雨の夜、女の品定めをする話である。平安時代、雨の日の過ごし方や遊び方に、様々な工夫があり、雨をも「をかし」と味わうゆとりがあった。

そして七月、

『七月ばかりに、風いたうふきて、雨などさわがしき日、おほかたいとすずしければ、扇《あふぎ》もうちわすれたるに、汗《あせ》の香《か》すこしかかへたる綿衣《わたぎぬ》のうすきを、いとよくひき着《き》て晝《ひる》寝《ね》したるこそをかしけれ。』

梅雨明けには雷が鳴り、風も強く吹き、雨ははげしく降る。そんな日は、涼しく、扇も忘れ、汗を含んだ綿衣のうすいのをかけて昼寝をするのも「をかしけれ」である。「汗の香すこしかかへたる」という表現が「いとをかし」い。

## 夏は夜

『夏はよる。月の頃はさらなり、やみもなほ、ほたるの多く飛びちがひたる。また、ただひとつふたつなど、ほのかにうちひかりて行くもをかし。雨など降るもをかし。』

灼熱の太陽の照る真夏の昼は、平安人にとって苦手だったのだろう。涼しさの増す夜がやはりいい。今と違って、土はひんやりして、障子・木など自然素材の家は、夜になれば過ごしやすかったに違いない。とりわけ月の冴えわたる夜、闇の夜の風情もいい。当時は夜になれば、漆黒の闇である。月明かりや、蛍のかすかな光だけでも心に残る。すっと尾を引いてまたたく蛍は、天界の使い。川のそばなどに行かずとも、向こうからやって来た。

私の子供の頃は、まだ戸を開け放つと蛍は、家の中に入って来た。蚊帳《かや》の中に入れると、明け方まで隅で光っていた。平安時代には、もっと数多くの蛍が身近にいたのだろう。

今では川筋に沿って養殖した蛍が光るのを見に行く位だが、やはり風情がある。三十年ほど前、岐阜県美濃赤坂の杭瀬川《くいせがわ》の両岸にイルミネーションのように輝く源氏蛍を見た。数年前、新潟県の山中では、天から地から湧いてくる蛍を見た。

車の灯を点滅させると同類だと思って近付いてくる。肩に腕に首筋にまですり寄ってくるのだ。

現代の私たちでさえ蛍には、この世のものではない幻想を見る。まして平安人は、様々な思いを託したことだろう。

『暑《あつ》げなるもの、随身《ずいじん》の長《をさ》の狩衣《かりぎぬ》。衲《なふ》の袈裟《けさ》。出居《いでゐ》の少将。色くろき人の、いたく肥《こ》えて髪《かみ》おほかる。琴《きん》の袋《ふくろ》。七月の修法《さほう》の阿闍梨《あざり》。日中《にっちゅう》の時《じ》などおこなふ、いかに暑《あつ》からんと思ひやる。また、おなじ頃のあかがねの鍛冶《かぢ》。』

狩衣や袈裟や服装の暑くるしさ、肥って髪が多いのも、みな見た目に暑くるしい。日中にお祈りをする僧や、赤銅をうつ鍛冶場。これはもう聞くだに汗が流れてくる。目に見えるもの、耳に聞こえる音、かつては五感を総動員して涼しさを求める工夫があった。

## 九月ばかり

『九月ばかり、夜一夜降《よふ》りあかしつる雨の、今朝《けさ》はやみて、朝日いとけざやかにさし出でたるに、前栽《せんざい》の露こぼるばかりぬれかかりたるも、いとをかし。』

季節の変わり目は雨が降る。夏から秋への変わり目にも。秋の雨も台風の季節でもあり、一晩中降りあかす。ところが朝になってやみ、洗われたような朝日が鮮やかな顔を見せる。鮮やかというより、〝けざやか〟という表現がぴったりだ。

家の前の植木も露をふくんでこぼれんばかり。私も露に濡れた緑を見るのが好きだ。子供の頃軒にかかった蜘蛛の巣の見事な網に水滴がついている美しさに見とれた。雨の中でようやく持ちこたえてその名残の粒が散っている。どこかに蜘蛛が身を潜めていた。

清少納言も書いている。

『透垣《すいがい》の羅文《らもん》、軒《のき》の上《うへ》に、かいたる蜘蛛《くも》の巣《す》のこぼれ残《のこ》りたるに、雨のかかりたるが、白《しろ》き玉をつらぬきたるやうなるこそ、いみじうあはれにをかしけれ。』

白き玉をつらぬきたるやう……という表現が鋭い。

私は子供の頃、蜘蛛が好きだった。あの美しい網を織る小さな虫のどこに沢山の糸が隠されているのか。小学生の夏休みの宿題に、「蜘蛛の研究」と題して提出したら、友達や先生から気味悪がられたことがある。蜘蛛の巣や、こぼれた露に目をとめる清少納言に親近感を覚えてしまう。

『すこし日たけぬれば、萩などのいとおもげなるに、露の落《お》つるに枝《えだ》のうち動《うご》きて、人も手ふれぬに、ふとかみざまへあがりたるも、いみじうをかし、といひたることどもの、人の心にはつゆをかしからじとおもふこそ、またをかしけれ。』

日が昇り、たれ下がった萩の枝の露が落ち、人が触れたわけでもないのに動いて上へ上がるのを面白がっているのを人が見たら、少しも面白く感じないかもしれないと思うとまた面白い。

皮肉屋の清少納言の面目躍如である。

## 月は有明の

『月は　有明《あり》の、東《ひんがし》の山ぎはにほそくて出《い》づるほど、いとあはれなり。』

清少納言はへそまがりだ。もう消えかけようとする細くて淡い月を「いとあはれ」と言う。決して中天にかかった満月を美しいと言わない。そのへそまがりな美意識がいい。たしかに明けかけた空に、夢のように消え残る細い月は、はかない。いつ消えてしまうかもわからぬながら、その輪郭をきっぱりと空に浮かべている所に清少納言は惹かれたのだろうか。紅葉するように醜く朽ちてゆくものは許せないが、美しいままで消えてゆくものは心に残る。

清少納言がよくそらんじていた漢詩にも月はたびたび登場する。李白《りはく》、杜甫《とほ》……私が学校で習った教科書にも、「月落烏啼霜満天」に始まる有名な張継の寒山寺の詩。先頃中国に日中交流の作家代表団の一人として訪れた時は、折しも九月十二日の満月にあった。この日は中国では月餅《げっぺい》を食べる。デパートや食料品売り場には様々な中身と形の月餅が売り出される。私達は遊びの一つとして大皿の中にサイコロをころがして、月餅を取る遊びをした。中国の人達にとっては月といえば、やはり満月である。日本でもお月見をするが、こうこうたる光輪の中の満ち足りた月ではなく、明け方の消えてゆく月を清少納言は、どんな思いで見たのか。

『星は　すばる。ひこぼし。ゆふづつ。よばひ星《ぼし》。すこしをかし。尾《を》だになからましかば、まいて。』

すばる、ひこぼし、ゆふづつ、の見当はつくとしてよばい星とは、どの星を指すのだろうか。ゆふづつは宵の明星だとすると、よばい星とは、何か。俳句の歳時記によれば、夜這星《よばいぼし》とは、流星のこと。「枕草子」でも「尾だになからましかば」とあるからまちがいはない。

## 猫

『猫《ねこ》は、上《うへ》のかぎりくろくて、腹《はら》いとしろき。』

猫は、頭から背にかけて黒く、お腹は白いのがいい。要は、黒白二色の猫がいいということなのだろうか。清少納言の趣味というより、平安時代の絵草紙に描かれた猫は、黒白二色である。黒の斑点のある白猫が、首にひもをつけられて、几張の外で遊んでいる。どうやらまりを追って外へ出たもののようだ。

几張の中でひもを持っているのは、猫の主である女君であろう。

その頃、猫は、家の中でひもを付けて飼われていたようだ。猫の歴史は紀元前の古代エジプトにさかのぼる。それまで野生だったのを、ピラミッドなどを造ったファラオ(王)が神聖なものとして崇めてそばに置いた。その猫は今の短毛種のアビシニアンに近いと言われ、首飾りをつけられ、王が死ぬと猫も棺の中に葬られ、ミイラとなって多数博物館などに残されている。猫を飼う習慣はシルクロードを通って日本にも伝えられたと言うが、「枕草子」や「源氏物語」に登場する猫も、大切に御所の中で飼われている。ただ記録に残るほとんどが、黒白猫ということは、日本に古来いた種類なのか、それとも、大陸から伝えられたものなのか。

もう一ヵ所、「枕草子」には「うへにさぶらふ御猫《おんねこ》は」に登場する。天皇に可愛がられた猫が従五位下の命婦という叙爵をたまわって大切にかしずかられている。日が射し込んで猫がいねむりして中へ入らぬので、乳母が翁丸《おうぎまる》という犬におどさせたのを天皇がみつけ、猫を御懐に、おどした翁丸を打って追放する。猫は大切にされ、犬はひどい目に遭う物語だが、この猫はどんな色あいかは描かれていない。

私と共に十三年暮らした猫も黒白で、外に出る時はひもを付けていたので、「枕草子」の記述を見つけて嬉しかった。その猫が死んで約四半世紀、黒白猫はなぜか「冬」のイメージだ。

# 近くて遠いもの

『近《ちか》うて遠《とほ》きもの、宮のまへの祭思《まつり》はぬ。はらから・親族《しぞく》の仲。鞍馬《くらま》のつづらをりとい
ふ道《みち》。十二月《しはす》のつごもりの日、正月《むつき》のついたちの日のほど。』

近そうで遠いものは、中宮御所のまえのお祭。兄妹や親戚の仲。鞍馬《くらま》の九十九折《つづらおり》にな
った道《みち》。十二月の大晦日と正月一日の間。と清少納言は言っている。

たしかに十二月三十一日と一月一日の間はたった一日、すぐ経ってしまうはずなのに、
普通の一日とは違う。前の年の終わりの日であり、新しい年の始まりである。その間は、
まことに近いようで遠いのだ。

去年今年《こぞことし》つらぬく棒の如きもの

と俳句に詠んだのは高浜虚子だが、この一日の間は格別なのだ。前の年の間に片づけ
たり、すませてしまうことはすませて、新しい年を迎える。大掃除、餅つき、今でも年
末の行事は多いが、平安時代も、特に宮中では、新年の準備に忙しかったことだろう。

明けて正月、衣も改め参内して、挨拶をかわす。昨日が今日になっただけなのに、何もかも新鮮に改まった感じがする。それは生活の知恵でもある。一年を区切ることで思いを新たにする。我が家でも、松飾りやおせちなどできる限り古式にのっとり、正月三ヵ日はつれあいも私も和服を着ておとそを祝う。自分の気持ちに区切りをつけるためだ。そのことで新たに未来に向かう気持ちが湧いてくる。清少納言は見事にそのことを言いあてている。

正月の遊びといえば、双六、碁、物語りなど「源氏物語」にも、源氏の君が正月に紫の上と遊んでいる様子があった。

『遠《とほ》くて近《ちか》きもの。極樂《ごくらく》。舟《ふね》の道《みち》。人の中。』

こうした短い表現は、清少納言の独擅場。言い得て妙である。遠そうでいて近い物は極楽という指摘にはぎくりとするし、舟の道しかり、男女の仲も当時は、遠くて近きものだったのだろう。今は「近くて遠きは人の中」、お互いに理解し合うことはなかなか難しい。

# 節分違え

『節分違《せちぶんたがへ》などして夜ふかく歸《かへ》る、寒《さむ》きこといとわりなく、おとがひなど落《お》ちぬべきを、からうじて來《き》着《つ》きて、火桶《をけ》ひき寄《よ》せたるに、火のおほきにて、つゆ黑《くろ》みたる所もなくめでたきを、こまかなる灰《はひ》のなかよりおこし出《い》でたるこそ、いみじうをかしけれ。』

節分の日の方違《かたたが》えをして、夜遅く帰る。その寒さは尋常ではなく、あごが落ちそうなのをやっとのことで家に辿り着いて、火鉢をそばにひき寄せて大きな火の真っ赤におこって、少しの黒い所もないのを細かな灰の中からおこし出した時は本当に嬉しい。

直訳すればこうなるが、その気持ちはよくわかる。今でも寒い夜、家に着いてストーブにあたった時の気持ち、ましてや平安時代の頃、暖をとるのは、火鉢しかない。出かける前に念入りに灰をかぶせたのであろう。真っ赤に燃える色そのままに、ごろりと炭が出てきた時の喜び。手をかざし凍ったあごを暖め……さて足は今の私たちなら火鉢にべたりとくっつけたりするが、あの頃はそんな行儀の悪いことはできない。ましてや股火鉢など、とんでもない。

どんなに寒くとも、闇の中の火の美しさを描いている所を見ると、清少納言の美意識は肉体的条件にかかわらず健在である。

『また、ものなどいひて、火の消《き》ゆらんも知《し》らずゐたるに、こと人の來《き》て、炭入《すみい》れておこすこそいとにくけれ。されど、めぐりに置《お》きて、中に火をあらせたるはよし。みなほかざまに火をかきやりて、炭《すみ》を重《かさ》ね置《お》きたるいただきに火を置《お》きたる、いとむつかし。』

話に夢中で火の消えるのも知らずにいると、ちがう人が来て新しい炭を入れておこすのは困る。火のまわりに置いておけばいいものをせっかくの火を外にかき出して、新しい炭を重ね置いた上にそれを置く。なんともがっかりだ。清少納言の火への思い入れは格別である。

## 三月ばかり

『三月ばかり、物忌《いみ》しにとて、かりそめなる所に、人の家《いへ》に行《い》きたれば、木どもなどのはかばかしからぬ中に、柳《やなぎ》といひて、例《れい》のやうになまめかしうはあらず、ひろく見《み》えてにくげなるを、「あらぬものなめり」といへど、「かかるもあり」などいふに、

さかしらに柳《やなぎ》の眉《まゆ》のひろごりて春《はる》のおもてを伏《ふ》する宿かな

とこそ見《み》ゆれ。』

三月の頃、物忌みに、人の家に行くと、庭の木などもたいしたもののない中に、柳といっている木のいつものようになまめかしくはなく、葉や枝が広がって醜いのを「柳ではないでしょう」と言うと「こういうのもあるんです」と言う。

なまじこの庭に柳の芽が広がっていて、春の趣をなくしてしまっている。

清少納言の柳への思い入れは深い。「枕草子」のはじめのほうに、

『三月三日は、うらうらとのどかに照《て》りたる。桃《もも》の花のいまさきはじむる。柳などをかしきこそさらなれ、それもまだまゆにこもりたるはをかし。ひろごりたるはうたてぞみゆる。』

とあり、柳がやっと若芽を出しまだこれからというのは趣深いが、芽が広がっているのは醜いと言っている。

真っ先に若緑をのぞかせる柳に春の到来を感じる。その柔らかな色彩をはじめとして、れんぎょうの黄、こでまりの白など次々に花開く。優しい風情に空までも、薄い雲を流す。なんとなく心浮き立ちせつなさや憂いが胸を満たす。

柳もやがてしっかりした緑になり、柳絮《りゅうじょ》といって、綿のように白いものが空中に浮いてとび散る。日本ではあまり気付かないが、中国や韓国ではその数も多く春の一日ソ

ウルで柳架が雪のように舞う中で茫然としたことを思い出した。

## 日のいとうららかなるに

『日のいとうららかなるに、海の面《おもて》のいみじうのどかに、浅《あさ》みどり打《う》ちたるをひきわたしたるやうにて、いささかおそろしきけしきもなきに、わかき女などの袙《あこめ》、袴《はかま》など着たる、侍《さぶらひ》の者《もの》のわかやかなるなど、櫓《ろ》といふもの押《お》して、歌《うた》をいみじう謡《うた》ひたるは、いとをかしう、やむごとなき人などにも見《み》せたてまつらまほしう思ひ行《い》くに、』

うららかに日が射し海はのどかな表情を見せ、浅みどりを敷いたようで、全く恐ろしい様子もなく、若い女が若い侍と一緒に櫓《ろ》を押して歌っているのは、高貴な人にもお見せしたい……と清少納言は思う。多分ひねもすのたりのたりとした春の海であろう。ところが一転して海は表情を変える。

『風いたう吹《ふ》き、海の面《おもて》ただあしにあしうなるに、ものもおぼえず、とまるべき所に漕《こ》ぎ着《つ》くるほどに、船に浪のかけたるさまなど、かた時に、さばかりなごかりつる海とも見《み》えずかし。』

風が吹き海は急に荒れ港に船が着くのを待つが、その間も船に波がかかり先刻あんなになごやかだった海とは思えない。清少納言はどうやら海が嫌いらしい。私も同じだ。「晴れ女」の名をほしいままにしているのに、いったん海に出ると突風と共に波は船を襲い、目の前の岸に着けない。そんな経験が何度もある。洋上大学などの講師で船に乗ると、必ず台風やひどい低気圧の谷にはまり込む。

海神に魅入られているらしく、海は鬼門だ。

清少納言は「船乗りほど恐ろしいものはない」「舟に乗るのは身分のいい人のすることではない」と言う。自分が乗ったことのある船はきれいだったが、他の船は小さく、恐ろしい。まして海女が腰に網をつけ飛び込むのに胸つぶれ、船の上で海女の網を操り、自分は歌などのんびり歌う男は憎らしい。男がやればいいのに人間の心を持っているならこんなことはできないはずと清少納言の正義感の面目躍如である。

## 五月四日

『五月四日の夕《ゆふ》つかた、青《あを》き草おほくいとうるはしく切《き》りて、左右《ひだりみぎ》になひて、赤衣着《あかきぬき》たる男《をのこ》の行《ゆ》くこそをかしけれ。』

五月、清少納言が「五月にしく月はなし」というほど好きな季節である。外出も増える。そんな時見た風景であろうか。五月四日の夕方。刈った青草をきれいに切り揃えて、左右の腕にかかえて赤い衣を着た男が歩く姿は、趣をそそられる。五月四日ということは青草は五月の節句に使う菖蒲と思われる。

『賀茂《かも》へまゐる道《みち》に、田植《たう》うとて、女のあたらしき折敷《をしき》のやうなるものを笠《かさ》に着《き》て、いとおほう立《た》ちて歌《うた》をうたふ、折《を》れ伏《ふ》すやうに、また、なにごとするとも見《み》えでうしろざまにゆく、いかなるにかあらむ。』

清少納言は賀茂へおまいりする道で、田植えの風景に出合った。女たちが新しいお盆のような笠をかぶって、沢山立ち並んで歌を歌っている。体をかがめたり、何をするのかわからないが後ろ向きで下がっていく。

宮中に仕える清少納言は、初めて田植えを見たのだろう。女たちが田植え歌を歌って苗を植えていくのが何をしているのかよくわからなかった。面白がって見ていると、その歌は、ほととぎすを馬鹿にした歌詞なのだ。

『「ほととぎす、おれ、かやつよ。おれ鳴《な》きてこそ、我は田植《たう》うれ」とうたふを』

ほととぎす、おのれ、あいつめ、おのれが鳴くから私は田植えをしなければならない。

ほととぎすを愛する清少納言としては、ほととぎすをおとしめたのが気に入らない。鶯にほととぎすがおとるという人が憎いとまで言うのだから。ここではほととぎすは郭公のこと。この歌は、ほととぎすが鳴く時期になるとつらい田植えという労働をせねばならぬ庶民の女の気持ちを唱っているのだが、上流階級に属する清少納言は、庶民のつらさを思う想像力に欠けていたらしい。

## 七月

『七月ばかりいみじうあつければ、よろづの所あけながら夜《よる》もあかすに、月の頃は寝《ね》おどろきて見いだすに、いとをかし。やみもまたをかし。有明《あり》、はたいふもおろかなり。』

七月頃、たいへん暑いので、全て開け放って夜もすがら、月を見ているのは、たいへん面白い。闇の夜もまた面白い。有明については言う必要もないほどだ。

その上で、清少納言は、ある場面を連想する。板縁の端近くに新しい畳を一枚敷き、几帳を端近に立てる。男が帰った後、女は一人紫の衣を着て横たわっている。そこへ朝帰りの男が通りかかり、御簾をあげて、女の寝姿を見つけ、上がってくる。恋人気取りの男につんとしてみせると、明るくなったのになかなか帰らず、昨夜の男から文が来ても、読むこともできない。ようやく男はその家を立ち出で、自分が昨夜立ち寄った女の所にも、男がいるのだろうかと想像する。

清少納言の想像力は豊かである。七月の暑い夜の男と女の場面を考える。夏の夜は、何が起きてもおかしくはない。

『いみじう暑《あつ》き晝《ひる》中に、いかなるわざをせんと、扇《あふぎ》の風もぬるし、氷《ひ》水に手《て》をひたし、もてさわぐほどに、こちたう赤《あか》き薄様《うすやう》を、唐撫子《からなでしこ》のいみじう咲きたるに結びつけて、とり入《い》れたるこそ、書《か》きつらんほどの暑《あつ》さ、心ざしのほど淺《あさ》からずおしはかられて、かつ使《つか》ひつるだにあかずおぼゆる扇《あふぎ》もうち置《お》かれぬれ。』

たいへん暑い昼日中、どうしたらいいかと扇の風もぬるいし、氷を入れた水に手をひたしたりしていると、赤き薄紙を撫子の咲いた茎に結んで、届けられた。それを書いた時の暑さを考え、心のほどが推しはかられて、使うことさえ忘れ、扇もそのまま打ち置いて見とれてしまう。夜も昼も恋愛にあけくれる平安時代の貴族の暮らしがある。

# いみじう暑き

『いみじう暑《あつ》きころ、夕《ゆふ》すずみといふほど、物のさまなどもおぼめかしきに、男車《をとこぐるま》の前駆《さき》追《お》ふはいふべきにもあらず、ただの人も、後《しり》の簾《すだれ》あげて、二人《ふたり》も、一人《ひとり》も、乗《の》りて走《はし》らせ行《ゆ》くこそすずしげなれ。』

真夏の暑い最中、物の形もだんだんぼやけてゆく夕涼み時、男車がさきばらいしていくのはもちろんだが、普通の人の車も、後ろの簾をあげて、一人でも二人でも乗って走らせていくのは涼しげだ。やっと日が落ちて涼風がたち始める頃の風景だ。女車は簾をおろしているが、男車は、簾をあげ、風を通しながら走ってゆく。清少納言はそれをどこから見ているのか。定子の元か、それとも自宅からか。涼しげな男子の様子に、多少の羨望が感じられる。

夕涼み　よくぞ男に生まれけり（宝井其角）

清少納言ならずとも、家で裸のままうちわを使う姿には、羨ましくなる。もっとも今は、若い女性が、まるで下着同然の姿で街をかっぽしているが。

『まして、琵琶《びは》かい調《しら》べ、笛《ふえ》の音《おと》など聞《きこ》えたるは、過《す》ぎて往《い》ぬるもくちをし。さやうなるに、牛の鞦《しりがい》の香《か》の、なほあやしう、嗅《か》ぎ知《し》らぬものなれど、をかしきこそもの狂《ぐる》ほしけれ。』

琵琶の調べ、笛の音など涼やかな音が過ぎていくのは惜しい。牛の鞦の香りをふと嗅いだような気がするのも、嗅いだ経験もないのに、をかしい。音の涼けさ。そして香り……視覚、聴覚、嗅覚を総動員して、夏の夕方を描いている。今の時代、そのどれもが、遠い日のことである。冷房のきいた部屋で窓を閉めていては、視覚も聴覚も、嗅覚も働かない。それだけ現代人の感覚は鈍感になっているのだろう。

『いと暗《くら》う闇《やみ》なるに、前《さき》にともしたる松《まつ》の煙《けぶり》の香《か》の、車《くるま》のうちにかかへたるもをかし。』

闇の中で、車の前に灯された松明の煙が、車の中に匂ってくるのもいい。なんと想像力の豊かなことか。

# 九月二十日

『九月廿日あまりのほど、長谷《はせ》に詣《まう》でて、いとはかなき家《いへ》にとまりたりしに、いとくるしくて、ただ寝《ね》に寝入《ねい》りぬ。

夜ふけて、月の窓《まど》より洩《も》りたりしに、人の臥《ふ》したりしどもが衣《きぬ》の上《うへ》に、しろうてうつりなどしたりしこそ、いみじうあはれとおぼえしか。さやうなるをりぞ、人歌《うた》よむかし。』

九月二十日過ぎ、長谷におまいりしてささやかな家に泊まったが、身の置き場もなくただ寝るしかない。夜も更け、月の光が窓から漏れて、寝入っている人々の衣の上を白く照らしているのはとても情趣がある。こんな時に人は和歌を詠むのだろうか。

清少納言は、旅先で泊まった小さな家にも、ふと詩心をかきたてられる。「源氏物語」の「夕顔」でも、光の君は、ささやかな家に咲く夕顔にみとれ、一人の姫君に出会う。華やかな宮廷生活の中で暮らせば暮らすほど、人は、庶民の暮らしや野に咲く花に心惹かれるのだろうか。「さやうなるをりぞ、人歌よむかし。」、歌を詠みたくなるのは、もののあわれに触れた時なのだろう。

特に旅に出ると、人の心は敏感になる。神経はとぎすまされ、忘れていた感覚がよみがえってくる。日常をはなれることで、いつもは見えなかったものが見えてくる。

九月の月は、とくに人に物思わせる。中秋の名月も近く、澄みわたった空に、月の光が冴える。

『月のいとあかきに、川を渡《わた》れば、牛《うし》のあゆむままに、水晶《すいさう》などのわれたるやうに、水の散《ち》りたるこそをかしけれ。』

月の明るい夜、川を渡った日のことを清少納言は思い出す。平安時代の車は、牛車である。浅瀬を渡る牛車は、牛の歩むにつれ、水面が水晶の割れたように水が散りそれを月が照らす。なんと美しい光景であることか。こうした瞬間を、清少納言は、決して見逃すことがない。

## 笛

『笛は　横笛いみじうをかし。遠《とほ》うより聞《きこ》ゆるが、やうやう近《ちか》うなりゆくもをかし。近《ちか》かりつるがはるかになりて、いとほのかに聞《きこ》ゆるもいとをかし。車《くるま》にても、徒歩《かち》よりも、馬《むま》にても、すべて　ふところにさし入《い》れて持《も》たるも、なにとも見《み》えず、さばかりをかしき物はなし。まして聞《き》き知《し》りたる調子《てうし》などは、いみじうめでたし。』

笛は横笛が趣深い。遠くから聞こえてだんだん近くなるのも、近かったのがだんだん遠くなるのもいい。車でも徒歩でも馬でも懐に入れていても、こんなに面白いものはない。ましてよく知っている調べなど嬉しい。

秋は空気が澄んでいるから笛の音が響く。横笛は秋の夜にぴったりだ。夜訪れた家に、暁になっても帰る時を忘れてしまう。使いが取りに来て、包んで渡すと立文の様に見える。

『笙《しやう》の笛は月のあかきに、車《くるま》などにて聞《き》きえたる、いとをかし。』

笙は明月の下、車で聞くのがいい。ちょっと持ちあつかいにくく見えるものだが、『さて、吹く顔やいかにぞ。』それを吹く顔はどうだろうと清少納言は心配するが、現代に笙を吹く宮田まゆみさんという笙奏者がいるが、その楚々とした姿に笙は実によく似合い、清少納言の心配が杞憂であることがわかる。

『篳篥《ひちりき》はいとかしがましく、秋の蟲をいはば、轡蟲《くつわむし》などの心地《ち》して、うたてけぢかく聞《き》かまほしからず。ましてわろく吹《ふ》きたるはいとにくきに』

ひちりきの音はうるさくて、秋の虫でいえば、轡虫のようで、聞きたくはない。まして下手なのはいやだ。

平安の貴族たちは、楽器をかなでるのが、たしなみであった。「源氏物語」にも、いかに男達が演奏し、そして舞うかの様子が描かれている。舞がうまく、そして楽器の演奏が巧みな人がもてた。みだりに顔を見せない時代ならなおさら、音による想像力がかきたてられたのだ。

## 賀茂の祭

『賀茂《かも》の臨時《りんじ》の祭《まつり》、空の曇《くも》り、さむげなるに、雪《ゆき》すこしうち散《ち》りて、插頭《かざし》の花、青摺《あおずり》などにかかりたる、えもいはずをかし。』

賀茂の臨時の祭とは、十一月下旬の酉の日に行われる祭である。賀茂の秋祭であろう。旧暦の十一月は、今の十二月頃だから、すでに寒くなっている。小春日和も過ぎて、空はどんより曇り、寒そうで、雪も少し降って祭の行列の冠にさした造花が青ずりの衣にかかっているのが、えもいえぬ美しさだ。清少納言は、冬が好きだ。それも雪の降るきっぱりとした寒さが。平安時代底冷えする京都の寒さは、たとえ十二単とはいえ、身に沁みたはずだが……。祭の行列に雪がかかっているのを美しいという心、現実の寒さより風流を尊ぶのは伝統なのだろうか。

二〇〇一年、『中陰の花』(文春文庫)で第百二十五回芥川賞を受賞した禅宗の僧、玄侑宗久氏の、授賞式の挨拶が興味深かった。

その日は台風が東京を直撃するといわれていて、心配され、夕刻になって回避された。そういう時に遭遇することを、禅宗では、「風流」というのだそうだ。

祭の日にたまたま雪が降るのも、風流かもしれない。単に情緒を大切にするという心情だけでなく、特別の日になったことが、風の流れ、偶然の面白さなのだろう。

『太刀《たち》の鞘《さや》のきはやかに、黒《くろ》うまだらにて、ひろう見《み》えたるに、半臂《はんぴ》の緒《を》のやうしたるやうにかかりたる、地摺《ずり》の袴《はかま》のなかより、氷《こほり》かとおどろくばかりなる打目《うちめ》など、すべていとめでたし。』

行列にしたがう人の鞘がきわだって、半臂《はんぴ》の緒がみがいたようにつややかで白く見え、袴の中から氷かとおどろくほどはっきりそった打ち目など全てめでたい。清少納言の好みははっきりしている。偏見と自信に満ちて言い切っているのが気持ちいい。

この光景を見ている清少納言はどこにいるのだろう。ぬくぬくしているのか、やはり寒いのか、風流はつらい。

# 十二月二十四日

『十二月廿四日、宮の御佛名の半夜《はんや》の導師聞《しき》きて出《い》づる人は、夜中ばかりも過《す》ぎにけんかし。

日《ひ》ごろ降《ふ》りつる雪の今日《けふ》はやみて、風などいたう吹《ふ》きつれば、垂氷《たるひ》いみじうしだり、地《つち》などこそむらむら白《しろ》き所がちなれ、屋《や》の上《うへ》は、ただおしなべて白《しろ》きに、あやしき賤《しづ》の屋も雪にみな面隠《おもかく》しして、有明《あり》の月のくまなきに、いみじうをかし。』

十二月二十四日、中宮御所で御導師の経を聞いた人は、夜中を過ぎたろう。ずっと降っていた雪もやみ、風が強くなってつららが沢山下がり、地面は雪と土とでむらがあるが、屋根の上は一面の白、貧しい家々もみな雪で隠されて、有明の月が隅なく照っているのが趣深い。

与謝蕪村の有名な「夜色楼台図」を思い浮かべる光景である。屋根が真っ白になって、貧しい家も、富んだ家も等しく美しく変えてしまう。

平安時代、優雅な暮らしは一握りの貴族のみで、一歩外へ出れば、人々は貧しく、排せつは外でするため、臭いは溢れ河原等には死体が積まれていた。疫病がはやり病人は、外へ放り出される。

そうしたすさまじい現実に無常感がはびこる。現実を見すえた上でこの光景を考えると、いっそう趣深い。

経を聞いた人の車が簾《すだれ》をあげて帰って行く。七、八枚の着物の上に濃い紫の被布を重ねた女のそばに直衣《のうし》姿の男が座っている。月の光に顔を伏せる女を男がひきよせる。

こんな美しい風景とすさまじい現実とが裏腹にある。清少納言の「枕草子」も、紫式部の「源氏物語」も、一見きらびやかな王朝絵巻と思えるが、現実から目をそむけた虚構の世界にあり、その裏には無常感と哀しみがつきまとっている。だからこそ奥深いのだ。

## 秋は夕暮れ

『秋は夕暮。夕日のさして山のはいとちかうなりたるに、からすのねどころへ行くとて、みつよつ、ふたつみつなどとびいそぐさへあはれなり。』

有名な清少納言の「枕草子」の最初にある「春はあけぼの」につづく一節。秋の澄んだ空気の中で夕日の残照に山の端がくっきり浮かぶ。そしてねぐらへ帰る鴉《からす》が三つ四つ、二つ三つ飛んでいく。この数に注目したい。三々五々、後になり先になりして飛んでいく様が想像できる。

かつてラジオ中継でＮＨＫの松内則三《まつうちのりぞう》アナウンサーの六大学野球早慶戦での有名なアナウンスがある。

「夕闇迫る神宮球場、ねぐらへ急ぐ鴉が一羽、二羽、三羽、四羽……」

いかにも鴉がぴったりくる光景だが、実はその時空を飛んでいたのは、新聞社所属の伝書鳩だったという。言うことがなくなって困った松内アナがふと空を見上げると鳩が行く。鳩ではサマにならないからと咄嗟に鴉に変えた。だが私は、彼の頭の中にその時浮かんだのは、清少納言の「秋は夕暮」の一節ではなかったかと思う。

「枕草子」は、平安時代の文学作品だが、その歯切れのいい文章と鋭い季節感は、私たちの日常に生きている。

さて鴉だが、今は増えすぎて、三つ四つ、二つ三つなどではなく何十羽も群れをなして飛んでゆく。これでは詩情にならない。私の暮らす広尾（東京都渋谷区）も森が多く、早朝から鴉の声が騒がしい。夕空を渡り鳥が点になって飛んでいく情景も見ることができる。

『まいて雁《かり》などのつらねたるが、いとちひさくみゆるはいとをかし。』

ふと空を見上げ、自然に心遊ばせる豊かさを「枕草子」に学びたい。

## 落葉

『九月つごもり、十月のころ、空《そら》うち曇《くも》りて風のいとさわがしく吹《ふ》きて、黄《き》なる葉どものほろほろとこぼれ落《お》つる、いとあはれなり。櫻《さくら》の葉《は》、椋《むく》の葉《は》こそ、いととくは落《お》つれ。』

九月つごもりは、今でいえば十月の終わり、十月は十一月にあたる。晩秋の風景である。空が曇ったかと思うと、木枯らしを思わす冷たい風に誘われて、黄色く色づいた葉がほろほろと落ちる。盛んだった紅葉も終わりに近づき、黄や茶がかった葉が最後の一枚になるまで身をふるわす。

特に桜の葉や、椋の葉は早く落ちる、さびしい風景である。桜紅葉《さくらもみじ》という言葉があるように、桜の紅葉もまた美しい。椋の紅葉はどんなものだったか。

軽井沢の私の山荘は紅葉《もみじ》が多い。古木や新しい木が折り重なって生え、枝をはなれた葉が溜まっている。紅葉谷《もみじだに》と名付けているが、枝を離れた葉も陽をあびて、最後の輝きを見せる。その一瞬の美しさ、朽ちてゆく前の生の最後の輝き。落葉には頽廃《たいはい》の美がある。そして山荘の前に立つ大きな朴《ほお》の木。いい匂いのする木だが、朴の落ち葉はいただけない。片手ほどもある大きさで、落ちて積み重なると音がして、他の落ち葉との違和感がある。「いとをかし」とはお世辞にも言えない。

それにしても「枕草子」には、紅葉や落葉の描写が少ない。わずかに先の描写が目につくだけだ。

『十月ばかりに、木立《こだち》おほかる所の庭《には》は、いとめでたし。』

とはあるものの、清少納言は紅葉や落葉をあまり好きではなかったのかもしれない。思春の花々、そして夏に向かう緑、さらに雨の描写は多いのに、紅葉や落葉は少ない。思うに清少納言は、朽ちゆくものや頽廃から目をそむけていたかったのだろうか。多く紅葉が登場するのは、安土桃山期の能の世界である。

# 冬はつとめて

『冬はつとめて。雪の降りたるはいふべきにもあらず、霜のいとしろきも、またさらでもいと寒きに、火などいそぎおこして、炭もてわたるもいとつきづきし。』

冬はまだ早い朝が良い。雪が降ったのはいうまでもないが、霜が一面に降り、寒さが厳しいので、火を急いでおこし、炭をもち運ぶのは、いかにも冬にふさわしい風景である。

暖房もなく今の時代からは想像もつかぬほど寒い時代、その一番寒い早朝がいいと清少納言は言う。きっぱりと寒い朝、真っ赤に火をおこし炭を運ぶその風景に、清少納言の美意識を見る。さらに続けて清少納言は言う。

『晝になりて、ぬるくゆるびもていけば、火桶《をけ》の火もしろき灰がちになりてわろし。』

昼近くなって気温もぬるみ、暖かくなってからでは、火桶の火も、白く灰がちになったものは面白くない。子供の頃、私も白い灰を落としては、朱々とした火を見たがった。厳しい刺すような寒さの中で炭はあくまで赤く、美しい。冬は冬らしく寒いのがいい、その潔さこそ清少納言の美意識の世界だろう。

早朝真っ白に雪の降った庭を見ながら、おこしたばかりの火を持って廊下を渡る。そのまま歌になる風景だ。

それが曖昧模糊《あいまいもこ》とした詠嘆とは違っていて、論理的かつ、はっきりした己れの美意識で裏付けられている。こういう美意識をどこで身に付けたのか。

『ただ過《す》ぎに過《す》ぐるもの　帆《ほ》かけたる舟《ふね》。人の齢《よはい》。春《はる》、夏《なつ》、秋、冬。』

言い切った中に人生がある。ただ過ぎに過ぎ、流れに流れる。

## 降るものは雪

『降《ふ》るものは　雪。霰《あられ》。霙《みぞれ》はにくけれど、白《しろ》き雪《ゆき》のまじりて降《ふ》る、をかし。』

「枕草子」に雪の描写は多い。『雪は　檜皮葺《ひはだぶき》、……。

時雨・霰《あられ》は　板屋《いたや》。霜も、板屋《いたや》。庭《には》。』

と体言止めで雪にふさわしい屋根を言う。

なぜ清少納言は雪に心惹かれたのか。もっとも有名な雪に関するくだりは、「香爐峯《こうろほう》の雪」だ。「雪のいと高《たか》う降りたるを」に始まる一節は、高校の教科書にも出ていた。雪の高く積もった日、例になく格子を下ろし、炭櫃《すびつ》に火をおこして語り合っていると、清少納言の仕える定子が「少納言よ、香爐峯の雪はどうだろうか」と問う。即座に清少納言は格子を上げ、御簾を高くまきあげた。

白氏文集の漢詩に「香爐峯の雪は簾をかかげて看《み》る」とあるのを思い出したからだ。定子もこの漢詩をもとにたずね、清少納言もそれに答える素養の持ち主、まわりの女房もそれを賞賛する教養を持っている。平安時代宮中に仕えるものは、和歌や漢詩の素養がなければつとまらなかった。

清少納言の才女ぶりを示す一節として有名だが、それが嫌みだと言う人もいる。女だてらに漢詩の才をひけらかし、下ろされている簾を上げてしまう。確かに思い切った行為だ。女房たちの姿があらわになることをやってみせる。しかし私は清少納言は確信犯だと思う。当時の風習にしたがってはいても、女も男と同等という烈々たる思いがあったのではないか。和歌や漢詩の素養でも男と才を競ってみせる。

『雪のいと高《たか》うはあらで、うすらかに降《ふ》りたるなどは、いとこそをかしけれ。』

薄い雪もいいが、雪の降り積んだ夕暮れ、火鉢をすえて話しこんでいると雪の光が明るい。宵過ぎて沓《くつ》の音がし、訪ねて来た男《ひと》が、今日の雪をどう思われるのかと聞く。ここでも「拾遺集」や「和漢朗詠集」の和歌が飛び交い、明け方まで過ごす。清少納言にとって雪は、潔く烈々たる思いを秘めた象徴だったのではないか。

## 木の花は

『木の花は　こきもうすきも紅梅《こうばい》。櫻《さくら》は、花びらおほきに、葉の色こきが、枝ほそくて咲きたる。』

他の花に先がけて咲く梅、その高貴な香りも相まって、平安時代では貴《たっと》ばれた。桜には条件をつけている所を見ると、清少納言も梅の方を愛したようだ。特に紅梅。漢詩に詳しいだけに、中国で愛でられた紅梅により惹かれたのか。

万葉集を見ると、もっとも沢山詠まれているのが萩である。日本の自然にあった花、萩に次いで多いのが梅。中国からの影響だろう。桜は新古今集の頃になって全盛期を迎える。

『御前の梅は、西はしろく、東は紅梅にて……』

とある所を見ると、天皇の御座所の前には西に白梅、東は紅梅が植えられていた。

衣裳にも梅の模様は多く使われた。清少納言の仕える定子の妹、淑景舎《しげいさ》が東宮妃となり、はじめてその姿を清少納言が垣間見た時も紅梅の衣だった。
『紅梅《こうばい》の固紋《かたもん》・浮紋《うきもん》の御衣《ぞ》ども、くれなゐのうちたる、御衣《ぞ》三重《みへ》が上《うへ》にただひき重《かさ》ねて奉《たてまつ》りたる、……。』

紅梅のこく、うすく数多く咲く上に濃い綾の衣、少しあかい小袿《こうちぎ》で扇で顔を隠した淑景舎は、美しく絵に描いたようである。

『おもしろくさきたる櫻をながく折りて、おほきなる瓶にさしたるこそをかしけれ。』
桜の直衣《なおし》に出袿《いだしうちぎ》の殿方など、桜も衣裳にも登場するが、梅ほどの思い入れは見られない。

『御前の櫻、露に色はまさらで、日などにあたりてしぼみ、わろくなるだに口惜しきに、雨の夜降りたるつとめて、いみじくむとくなり。』

本物そっくりにつくった造花が、雨に濡れて醜くなった姿を描き、それを、人目にたたぬよう取りのぞいて「花盗人」のしわざに仕立てあげたり、桜に対する清少納言は、梅に対する一途な憧憬とは違って、意地悪である。

# 四月、祭の頃

『四月、祭の頃いとをかし。上達部《かんだちめ》、殿上人も、うへのきぬのこきうすきばかりのけぢめにて、白襲《しらがさね》どもおなじさまに、すずしげにをかし。』

祭とは賀茂の祭のことである。上賀茂神社の祭として名高い葵祭《あおいまつり》は五月、旧暦の四月である。テレビの中継のため、京都は上賀茂神社でその祭を見た。殿上人の装束をつけた男や女が練り歩く雅《みやび》だが、いささか退屈な祭であった。

晴れた青空のもと、その行列は延々と続いた。清少納言も車をつらねてその祭を見たろうか。祭が好きで、たしか宮仕えを始めるきっかけも、祭を見に行ったところからひらけたと記憶する。三枝和子さんの書いた『小説清少納言「諾子《なぎこ》の恋」』という小説の中だったと思うが。

渡る風も涼しく、ゲスト出演の大島渚さんも私も心地よかった。もう四十年以上前、大島さんも私も若かった。

『木々の木《こ》の葉、まだいとしげうはあらで、わかやかにあをみわたりたるに、霞も霧もへだてぬ空のけしきの、なにとなくすずろにをかしきに、すこしくもりたる夕つかた、よるなど、しのびたる郭公《ほととぎす》の、遠くそらねかとおぼゆばかり、たどたどしきをききつけたらんは、なに心地《ち》かせん。』

情景描写なので訳さずともわかりやすいが、まだ茂りきらぬ若葉の空、夕刻、ほととぎすの声が遠くする。郭公と書いてほととぎす。厳密には郭公と時鳥《ほととぎす》はちがう。同じ種類に属する鳥だが、鳴き声もちがう。片や「カッコー、カッコー」と明るく、一方は「鳴いて血を吐くほととぎす」だ。

この種の鳥は托卵をする。他の鳥の巣に卵を産みつけ育てさせる。幼鳥は大きく、他の鳥の卵を巣から落とし、自分だけ育つのだ。オオヨシキリなど托卵を警戒して倍も大きい郭公めがけて突進する。

「カッコー」の鳴き声に惚れて「郭公」と俳号をつけた私だが、郭公のずるさがいやになった。清少納言は、郭公をどう思っていただろう。

## 節は五月に

『節《せち》は五月にしく月はなし。菖蒲《さうぶ》、蓬《よもぎ》などのかをりあひたる、いみじうをかし。九重《ここのへ》の御殿《てん》の上《うへ》をはじめて、いひしらぬ民のすみかまで、いかでわがもとにしげく葺《ふ》かんと葺《ふ》きわたしたる、なほいとめづらし。』

節句は五月が一番いい。菖蒲や蓬など香りあうのが実にいい。御殿も一般の人々の家も自分の所こそと競い合って軒に葺こうとするのが他の節句とは違った楽しさである。

五月、と聞くと清少納言ならずとも五月生まれの私は心はずむ。五月晴れ、薫風、鯉のぼり……さわやかな五月にふさわしい男の子の節句。

清少納言の頃には、まだ男の子の節句だったわけではなく、中宮御所では、組み合わせた色どりも美しい薬玉《くすだま》を、御帳を立てた母屋の柱の左右にかけた。

そして節句の祝膳に、若い人たちは、菖蒲の櫛をさし、様々な衣に菖蒲の長い根や草木の枝などを打ちひもで結ぶ。

紫の紙に楝《あふち》の花、青い紙に菖蒲の葉を細く巻いて束ねたり、白い紙を菖蒲の根に巻く。その長い根を手紙に入れて送るのもしゃれている。

菖蒲は、様々に平安時代の頃から使われていたのだ。今では菖蒲湯といって、湯船に菖蒲の葉や根を入れて一年の健康を願うという行事があるが、風呂に入ることの少なかった平安時代では、薬玉や、根を巻いて束ねたり、やはりあの独特の香りも含めて、体に良いものとしてあつかわれたことは想像に難くない。

五月晴れというくらいだから五月は晴れの日が多いかというと、過去の天気を見ると実は雨が多いのだ。五月雨の語のように、梅雨に次ぐ雨の多さとか。

これは、平安時代とて同じこと。

『空のけしき、くもりわたりたるに』とあり、この頃はなんとなく空も曇りがちだと書かれていて、それをまた面白がる風情が見えるのである。

# 第四章　清少納言は俳句人間？

## 清少納言の文体は俳句に近い

この章は、私の独断と偏見なのだと、最初にお断りしておきたい。学問的に言えば、なんの根拠もないとお叱りを受けることを承知で書くことにした。

私の感性だけでそう思ったというに過ぎない。だからといって自信がないかと言えばそうでもない。

清少納言の「枕草子」は、俳句そのものなのだ。

俳句は連歌の上の句である五・七・五で作られた定型詩で、十七語、十七音とも呼ばれる。

清少納言が「枕草子」を書いた時代、つまり平安時代に俳句という短詩型の分野は存在しなかった。江戸時代になって松尾芭蕉や与謝蕪村あるいは、小説家としての方が名高い井原西鶴らが、俳諧師として活躍。座の文芸として集った人々が五七五の発句《ほっく》と七七の脇句を交互に連ねて歌仙を巻き、俳諧師という職業の人々が中心になって、一つの物語を作る遊びが生まれた。

それは俳諧と呼ばれたが、もとはといえば、平安時代半ばに流行した長短二句を唱和する連歌《れんが》の流れを汲んだものである。

曲水の宴などと呼ばれる、庭の池や流れにそれぞれ陣どって前の五七五につなげて七七と連想をつなげていく優雅な遊び。

私も中国を訪れた時、大学の師であり俳人（桐雨《とうう》）でもあった暉峻康隆先生のツアーで、その真似をしたことがある。鵞池《がち》という王羲之ゆかりの蘭亭（浙江省紹興市）の庭の池のまわりに好きな場所を占め、池の流れに沿ってゆらゆらと酒を注いだ盃がまわってくるまでに次の句をつけてゆく。

難しいが楽しい遊びであった。

三十六歌仙巻き終わった時の満足感！　十人ほどの参加者の頬は、酒のほてりも加わりほの赤く輝いていた。

暉峻先生もいつにも増して満足げであった。

もともと貴族達の遊びだが、こうした和歌、連歌の流れから、江戸になって庶民の文芸になり連句と呼ばれるようになる（連句は発句と区別するために広く使われていたがその名称は一九〇四年に高浜虚子が提唱して以降、定着）。

数人から十人、それ以上のこともあって連句が作られ、その中の最初の一句、発句と呼ばれるものを中心人物の宗匠が詠む。その五七五、だけを選んで作られた発句集が芭蕉の「奥の細道」であり、「笈《おい》の小文」や「猿蓑《みの》」だったのである。

そして江戸時代に全盛をきわめ、明治になってから、正岡子規が五七五だけで独立した文芸として「俳句」と名付けたのである。

ここに至って平安朝から日本の文芸の中心であった和歌が基本となって、短歌と俳句と川柳に分かれた。生みの親は同じでも、それぞれが短詩型の独立した文芸になってみると、見事に違うものになった。

第一章で書いた様に清少納言の文体はもともと短詩型の趣があったが、さらに言えば短歌より俳句に近かった気がするのだ。

## 短く言い切るリズム

それは多分に清少納言の性格や何を「をかし」と見るかによって自然に方向付けられたと思う。

短く言い切るリズム感が俳句的であり、物事を直截に表現する力に秀れたものがある。

情景を切り取る力が絵画的であり、いらない言葉を削ってできるだけ少ない言葉で言いたいことを表現しようとする。
その最たるものが、体言止めで、説明を省くこと。
『海は、
　水うみ、
　　與謝《よさ》の海、
　　　川口《かはくち》のうみ。』
それで充分に意味は通じるし一種のテンポができてくる。
「いとをかし」といった形容詞や副詞だけで何が言いたいかがわかる。彼女がさし出すものは素材だけで、あとは読む人、見る人に任せる。
読む人の能力を試しているとも言える。その意味では意地の悪い文学と言ってもいい。試された私達がそれをどう読み取るかは、私達自身に任されるのだが、あくまでも彼女が書いているのは、彼女の目を通した美しいものであり、醜いものであり、彼女自身をさらけ出して見せているのである。「源氏物語」のようなフィクションではなく、素の清少納言に触れられることが私には嬉しい。
今の時代、エッセイと一般的に呼ばれるものは、随想でもあり評論でもあり、様々なジャンルを含んではいるが、「枕草子」がより多く著者の思いを率直に投げかけている所に私は共感を覚えている。

俳句は一つの絵を切り取るものであるのに比べ、短歌はその絵に対する解説が必要になる。五七五の俳句なら、言い切って終わりとなるものが、そのあとに七七と付く短歌となると、五七五でさし出した素材に対する感想を加えなければならなくなる。私自身、長らく俳句で遊んできたが、その後に七七が必要となると素材に対する感想を言わなければならなくなるのが面倒なのだ。無理やり悲しいだの、嬉しいだの付け加えたものは決していい作品にはならない。

清少納言は和歌が得意ではなかったのではないか、というのは彼女の和歌はあまり残っていないからだ。あれだけの才女だから、いくらでも作れたし、作ったであろうけれど、彼女自身、あの和歌ののどかな調子に身を委ねることを快しとしなかったかもしれない。漢詩、漢文から文学に入ったことと決して無縁ではない気がする。

## 紫式部は短歌、清少納言は俳句

人には俳句人間と短歌人間がいる。と言うと若い頃（多分京都大学在学中）に俳句に親しみ、句集も出している上野千鶴子さんの賛同を得た。

上野さんは俳句人間であろうし、私もまた同じである。

彼女の思い切った表現力、論理的で簡潔に物を言うのは、俳句人間である証拠だ。それが彼女の喋り方や書き方にテンポを与え、独特のリズムを生む。

無駄を省き、必要のない叙情性をカットする。
五七五、で素材を素材として提供し、相手の感受性に待つ。その後の七七は不要なのである。
七七を無理に付けると潔さが消えてしまい、その人らしさが感じられなくなる。というよりも五七五で完結しているものが、七七につられて余分な言葉を必要とする。

短歌人間は、最初から五七五・七七で完結しているから、七七がなくなると、味もそっ気もなくなりつまらない歌になってしまう。

ではなぜその違いが出てくるのだろうか、俳句人間は最初から人間そのものが俳句的なのであって叙情が苦手なのである。叙情を加えることにてれがあり恥ずかしがりやでもあるのだ。

短歌人間は、そうではない。これでもかこれでもかと七七の部分を表現し、そこに個性を出そうとする。

たった七七の十四文字が多いだけで全く違う文学が生まれるのは実に面白いし、どちらを選ぶかその人自身の好みが自ずから決まってくるのだ。

第一章でも述べたように私自身、大学の国文科で窪田空穂などの短歌を学んでも、そのまったりした調子についていけずに困ったものだ。

むしろそれならば、卒論に選んだ萩原朔太郎などの厳しく恐ろしくもある短い言葉選びに惹かれるものがあった。

と同時に教科書などに載っていた漢詩の区切り方や、テンポなどが俳句に近いと思われた。

清少納言は、その性格や幼少期から学んだものの影響があって、俳句人間そのものの表現を自然に身に付けていたものと思われる。もちろん、平安時代には俳句は生まれてはいなかったが、清少納言は時代を先取りしていたのではないかと思われるので、あえて俳句人間と呼ばせていただくことにする。こういう言い方は適切ではないがむしろ男性的な発想と表現であり、女性的な優しさ柔らかさからは距離をおいていたのではないだろうか。

女性が女性であるのは当然であり、さらに女性らしく振る舞うことへの抵抗感がある女達がいた。清少納言はその典型であったと思う。

## 紫式部は短歌人間？

清少納言が俳句人間だとすると、対する紫式部は短歌人間といえるかもしれない。短歌という言葉は平安時代にはなかったが、紫式部を現代に生きる女性として思い描くとしたら、短歌人間という言葉がぴったりくるように思えてならない。

清少納言のキレの良さと比べると、その文体は物語を書いている所からしても、どうしても長くなる。今風にいえば、随筆と小説の違いがあるから自ずから変わってくる。

それぞれのバックにいる人物から紙を大量にもらって書き始めることになるが、紫式部は「源氏物語」という一大絵巻物であるのに比べ、清少納言は折々の随想である。

長い物語にはそれにふさわしい文体がある。随想にはまたそれらしい文体が自然に生まれてくるわけだが、とりわけ「源氏物語」は、登場する一人一人の女性と、主人公の源氏の君が和歌をとりかわす。

源氏の君が訪れて和歌を寄越せば女性は必ず返歌をしなければならない。その応酬《おうしゅう》で物語が出来上がっている。もしあの時代に俳句という形態があったとしたら、「枕草子」には多用されていたに違いない。そしてあの文体にぴたりとはまっていたろう。

五七五ならばサマになるものが七七が付くことになると、文章全体の決まり所がなくなって、あの潔さは出て来ない。

それにひきかえ、「源氏物語」は、和歌が入ることによって、より叙情がひきたてられ、際立ってくる。

紫式部が「源氏物語」の中で男女の機微に触れ、王朝文化の華やかさを盛り上げるためには、和歌的文章が必要不可欠であり、今もなお、読む者の気持ちをつかんで離さない「源氏物語」が完成したのである。

多くの作家が、「源氏物語」の口語訳を試みているが、瀬戸内寂聴、田辺聖子、中堅では角田光代、まだまだこれからも出てくるに違いないし、谷崎潤一郎、円地文子、与謝野晶子など、数限りない。しかしそのどれもが手だれの小説家の手によるものなので寂聴源氏、谷崎源氏、円地源氏と、その小説家ならではの源氏物語で、原文と少しずつ趣を異にし作家の個性が出過ぎている気がする。中で一番、紫式部の原文に近いのが与謝野源氏で、私は一番好きである。余分な思い入れがなくストレートで原文の持つ匂いを残している。もちろん原文で読むのが一番いいが、その次に英文訳がいいと聞いたことがある。日本語でなく英語なのでストレートな言葉づかいになるそうだ。

確かに「源氏物語」の原文は骨格がしっかりして、表現力もきっぱりしている。清少納言はもちろんだがあの時代の物語作家としての紫式部もしたたかさを存分に見せているのだ。

## 句会への初参加

俳句で遊び始めて五十年以上経ったであろうか。最初は、永六輔さんが句会に誘ってくれた。「様々な分野の人々が集まって俳句で月一回遊んでいるので一度来てみたら」と言われて、経験はないが以前から関心を持っていたので参加した。永六輔、小沢昭一、和田誠、岸田今日子……、など錚々たる面々である。ただし俳句は素人、いわゆる結社とは無縁の純粋な遊俳である。

題して「話の特集句会」。かつて「話の特集」という名物雑誌があった。編集長は矢崎泰久。彼の友人知人が寄り集まってできた句会であった。

それから二〇二二年十二月に主宰者の矢崎さんが亡くなるまで続き、今は休会状態であるが、五十年近くの間、集まり参じて人は変われど、俳句に興味を持った面々が出たり入ったり。

中にはプロの俳人もいたし、プロの歌人もいた。女性でいえば黛まどかさんは、父上も俳人であり、本人も彼女を中心とする結社を持つプロの俳人である。

歌人でいえば俵万智さんである。二人は、すでに亡くなった指揮者の岩城宏之さんの紹介だったと思う。

不思議なことにまどかさんの俳句は名を伏せているとなかなかわからないのだが万智さんの俳句は、すぐわかる。沢山の句の中でちょっぴり調子が違う。独得の万智さん節があって、私には作者の名をすぐに当てることができるのだった。

『サラダ記念日』(河出書房新社) でデビューして以来、彼女にしかできない口語体の日記風表現は、他の沢山の俳句と交じっていてもわかる。

言葉の使い方が他の人にはないもので、私にはすぐわかった。以来万智さんの俳句を当てるのが楽しみになり、一度も外れたことがない。

ということは、私は万智さんの句に他の人にはない「短歌人間」の匂いを嗅いでいたのだろうか。俳句になっても短歌人間であることに変わりはなく、表現形態ではなくその人の本質が知らぬ間に表れることを知って怖かった。隠しても隠し切れない本性のようなものが人間にはある。

逆にまどかさんが短歌を作るとどうなるか、考えてみるのも面白い。かといって本質的に違うと思えるものを見事にどちらもこなす人もいる。しかもその他に詩、戯曲、小説まで。例えば寺山修司がそうである。そしてそのどれを見ても、寺山修司以外の人には書けないものですぐわかる。私は俳句よりも短歌こそが彼の本領が発揮されていると思うのだが、一緒に俳句を作ったことのある高橋睦郎さんもまさに、俳句と短歌の両刀遣いであり、詩人でもある。

## 七七がなければ言い足りない

私に俳句への目を開かせてくれたのは、早稲田大学で近世文学を学んだ暉峻康隆先生であった。

井原西鶴が専門であったが、御本人の講義では、むしろ松尾芭蕉や与謝蕪村の方に熱が入っていたように思う。

大学に入りたての夏休み、先生が大学院生を連れて芭蕉の故郷、伊賀上野（三重県）へ出かけるから、入学まもない我々一年生でも来たい人は一緒に、と誘われて、友人四人と私を含めて五人の女性が参加した。先生の俳句人間としての要素が私達に乗りうつったとしか思えない。

とりわけ蕪村を論じる時の先生の講義に魅せられた。

芭蕉は、発句を宗匠として作ってから、後に何度も手を入れて、最終的に素晴らしい芸術作品に作り上げていくのに比べて蕪村にはそうした作為は感じられず、発句として詠んだ時の感動そのままに俳句が成り立っていた。

愁ひつつ岡にのぼれば花《はな》いばら

などというのは、一篇の叙情詩であり、若き詩人の憂愁に満ちていた。

月天心貧しき町を通りけり

天空を渡っていく月と、軒を並べる貧しい人々の住居。その対比と時間の経過が絵として浮かんでくる。実際に、蕪村は画家でもあった。冬の日の鴉や、月天心……そのまま墨絵にしたような、天性の俳句人間の面目躍如たるものがあった。

当時の私には蕪村にむしろ心惹かれるものがあったし、先生も内心は、同じだったと思えるのだ。

秋風や獣のごとく傷《きず》なめむ

先生が女子学生亡国論でマスコミの標的になったことがあった。感想を認《したた》めて手紙をさしあげたら、御自分の新著と共にこの句が送られてきた。

大学を出た女子学生は家庭に入るよりも自分の才を生かして仕事をしてほしいという先生の真意を知る者の一人として、心打たれるものがあった。

先生と俳句は切り離せないものであり、亡くなった後には一千枚以上の原稿用紙に『暉峻康隆の季語辞典』（東京堂出版）の原稿が残されていた。

その先生が一度だけ俳句ができなかったのは奥様に先立たれた時、

「あの時だけは俳句ではなく短歌しか作れなかった」

という言葉にこそ、俳句と短歌の違いが表れている。

その心の内には五七五ではとても言い足りないものがあったのだろう。悲しみや心の奥の苦しみ、嘆きをつい吐露したくなったのだと思う。その時の先生の表情を忘れない。

人は俳句人間と短歌人間の両面を抱えながら自分の道を日々模索しているのだ。

# 短歌人間と俳句人間

短歌人間と俳句人間にＤＮＡの違いはあるのか、俳人の子供がその跡を継いで、結社を守るなどの例はあるし、見よう見まねで親の表現形式をまねることはある。有名歌人の娘や息子が似た資質を持っていることはある。一家揃って、あるいは世襲となるとも う家業と言ってもいい。

多くの職業についている家庭のそれぞれの資質がそれぞれ異なることも、同じ親から生まれた兄妹の持って生まれたものの個性が正反対のことだってよくあることだ。

わが家を例にあげてみよう。一番近しい存在だった母は、私と正反対の短歌人間であった。

女学校の頃から作り始め、国語の女教師に憧れて、同じ道を進みたいと思ったらしい。紫の君と彼女が呼ぶその先生へ恋心に似た思いを秘めて日記に短歌を書き始め、それが今でも残っている。結婚、育児、戦争を経て、題材は様々に変化し、書き残した紙は、広告の裏だったり、メモ帳の走り書きだったり、何年も途切れたりしたが、晩年、父が亡くなってから、また手すさびに始めたらしい。そして亡くなった日の枕元には、

世の中のなべての事に耐えて来し
いまさら我にものおじもなし

これが本当に母が作ったとしたら、堂々たるものである。辞世の歌、いわば死にゆく覚悟が描かれている。雪深い上越に生まれ、鬱屈《うっ》した情熱を持て余しつつ、病弱の夫と自己主張ばかりする子供の世話に追われながら、思い出したように歌を作った。その思いを託すには五七五ではとても足りなかったのだろう。思いのたけを七七に込めた。その後俵万智さんに代表されるように、日常会話の中にさりげない告白を描く、『サラダ記念日』のような新しい短歌が出現した。

私にはとてもできない。五七五と端的に切り取ってさし出すその手法は、母というより父に似たのだろうか。長男だったので正反対の軍人という職業につかざるを得なくても、家に帰ると幼少時の画家への希望をこめてアトリエで絵を描いていた。その父は晩年俳句を作っていた。得意の俳画を添えて。

春蘭《しゅんらん》の芽にひた祈る子の受験

石蕗《つわぶき》の夕日の色を映したる

どれも絵画である。五七五で彼の思いは十分伝わった。私はといえば、資質としては父に似ている。そのせいか俳句人間なのだ。

仄白き宇宙の隅の寒卵
思い出は煮凝ってなお小骨あり
柘榴《ざくろ》には酔っぱらいの眼が詰っている

このように五七五で切り取って、詠嘆は苦手。いかに胸がはり裂けそうでも、やせ我慢をして、心の奥に感情をしまって人に直接見せるのを潔しとしない。

## 俳句的なるもの

俳句の特徴として挙げられるのは、まず季語があること「枕草子」の季節感については、第三章に挙げたが、清少納言の季節への敏感さは、どの部分にも表れる、草花、天候、人事、その他。この時代にはまだ和歌全盛で、俳句、俳諧と称するものは生まれていなかったから歳時記なるものはなかったが、不思議に四季折々のものが文章に入っていることは、季節を意識していた証拠であろう。「万葉集」などに四季を感じることがある。暉峻康隆先生の『季語辞典』などにもその指摘があるし、季節に敏感なのは他民族と比べて日本人の特徴でもあるのだろう。江戸時代以前の文学作品で一番それが大切に描かれているのが「枕草子」といえる。

第一段の「春は、あけぼの。」に始まり、第六十三段の『草は、菖蒲《さうぶ》。』、第四十段「虫は、鈴虫。……」など。そしてそこからの連想で次々話が発展する。「草は、菖蒲《さうぶ》。菰《こも》。葵《あふひ》、……」などこの連想は、俳諧に於ける連句を思わせる。連想は言葉の飛躍を生む。「枕草子」にはこの飛躍が多いこと！

さらに特別な言葉づかいとして、「切れ字」がある。俳句の中で意味を切りたい時の助詞・助動詞・動詞などよく使われるのが「……や」「……かな」「……けり」という表現。「枕草子」ではそれすらも省いて、名詞だけを並べたり省略法がさらに進んでいながらしっかりと意味を把握できる。俳句より俳句的なるものと呼べる部分がある。

こうしたぎりぎりまで物事を簡潔に表す文体は、英語をはじめ外国語にもしやすく、英文俳句などすでに多く作られている。全く違う言語なのに俳句の精神が汲みとられて見事なものもある。

ただ季語だの切れ字といった制約をどうやって乗り越えるか、すでに明治〜大正、そして現代に至るまで、その制約に挑んで無季の句であったり、自由律俳句が生まれた。種田山頭火《たねださんとうか》、尾崎放哉《おざきほうさい》をはじめとしてその師である荻原井泉水《おぎわらせいせんすい》やその系統を継ぐものが現代にも生まれている。

俳句の制約にしばられるより俳句人間としての資質を発揮して自分なりの俳句を作りたい。歳時記だってそれぞれ違いがあり、解釈の違いよりも作り手の資質が大切なのだ。その意味で清少納言は見事に俳句人間と言えるだろう。

スマホ全盛の時代にも俳句はぴったり来る。私はメール句会もやっているが、新型コロナ感染拡大時も句会を休むことなく続けられたし、ＮＨＫ文化センターで私が講師をつとめるエッセイ教室の「あかつき句会」（私の名にちなんだ句会）では、エッセイよりもみな俳句がうまくなり、短い言葉や表現の勉強にもなっている。

# 第五章　ひとりになったら、ひとりにふさわしく

# 個性を発揮し、何かを残す

自分の人生は自分で開く。

清少納言の生きた時代は、決して楽な時代ではなかった。特に女にとっては……。いくら才能があっても、生まれながらに環境が決まってそこから抜け出ることは、とても常人にはできなかった。

貴族階級ではあっても、その出自によって、運命が決まっていた。

宮中にある天皇家に仕える一かかえの人々のみが優雅に暮らせたとしても多くの庶民は毎日の暮らしにも事欠くありさま。それに加えて天変地異が発生して、鴨長明の「方丈記」などにあるように、学のある人々とて、少しずつ暮らしを縮めて、災難に遭うたびに都落ちをし、人里はなれた場所に庵を編む。

「ゆく河の流れは絶えずして、しかももとの水にあらず。よどみに浮ぶうたかたは、かつ消えかつ結びて、久しくとゞまりたるためしなし。……」

というふうに、佗び住まいを強いられ、一人、物を書く。「徒々草《つれづれぐさ》」も兼好法師という仏門に入った僧が独り言の様につぶやきを書き連ねた。

そんな中でいくら才能があっても、誰も認めてくれるわけでもなく、それを発揮する場所もなくうつうつと過ごしていた人々がいかに多かったか。いや庶民達は一日をしのぐのにせいいっぱいで、そんな思いに耽るひますらなかったであろう。

清少納言の立ち位置は決して恵まれたものではなかった。年老いた父は地方まわりの官吏だが、短歌を能《よ》くしたので、時々は選者としての声がかかる。母は早く亡くなったらしくあまり登場しない。彼女に影響を与えたのは父でありその多くは父やそのまわりにいる男達であった。男達の表現形態といえば、漢詩、漢文の時代だから、そこで吸収できるものは全て、まるで乾いた土が雨を吸い込むようにまたたく間に自分の物として人々を驚かした。

彼女にすれば幼少期から自分で道を開くことを強いられていたのだ。

それには地方まわりの官吏という決して恵まれた環境でないことが役立った。自分が動かなければ何も変わらない、それを運命づけられていることをよく自覚していた。普通ならそこで諦めてしまうものだが彼女は違った。今風に言えば自我の目覚めがそれを許さなかった。自分のいる場所でできるかぎりの努力をする。そのことがよくわかっていた。

環境が変われば自分が変わるのではない。今いる場所で最大限の努力をして自己表現をし続けていけば、結果として環境が変わってくることを知っていた。それが本当の変わるということだと……。環境などいくら変わってみても、慣れれば同じこと。環境のせいにして文句を言っている人は、自分の小さな努力を忘れてしまう。

かつての私がそうだった。アナウンサーという名は与えられてもたった十秒の挨拶だったり、その日の番組紹介だったり、天気予報だったり、すっかり飽きてしまって、もともと志望したことでもなかったので、鏡を見ると目は腐った魚のように死んでいる。

このままでは自分が駄目になると思い、今ある場で、楽しむことを考え、十秒の挨拶でも「みなさま今晩は、今日もＮＨＫの番組でお楽しみください。番組をご紹介しましょう」という紋切り型をやめ、毎日違う挨拶を始めた。

「今朝日比谷公園を歩いていたら、サルビアの朱がすっかり深くなっていました」「雷が遠くで鳴っています。雪おこしの雷でしょうか」

毎日見たもの聞いたことを自分の言葉で表現していたら楽しくなって鏡の中の顔も変わってきた。すると次々に新しい番組に指名されるようになった。

「あいつは駄目だと思っていたが、この頃目も輝いて、視聴者からの反響もいいね」と言われ、違う世界に跳ぶことができた。

書くことが好きならと、担当番組でライターに代わって自分の詩や物語を書いたら面白いと評判になり、出版社から本にしないかと声がかかった。物書きになるきっかけだった。それを積み重ねて今に至る。清少納言もせいいっぱい自分の場を楽しみ生かして、宮仕えのチャンスをつかむ。存分に学んだ漢文や漢詩の知識を発揮して、定子の元でまわりの男達も一目置く存在になり、「清少納言ここにあり」と他の人に替えられぬ個性を発揮し、「枕草子」を残すに至る。彼女は自分で道を開拓した。環境が変わらねど見事に自分を変え、個性を発揮し、他の人々をも納得させたのだ。

## 限度を決めず、おめでたくあれ

やっと念願の宮仕えに出たのも紫式部などに比べて年齢を経ている。他の女性達は若くて世慣れているのに、最初は晴れがましくて顔をあげて歩くこともできない。それでも清少納言は気にしていない。私は私といった姿勢が感じられる。あまり他人を気にせず育ったせいだろうか。

そして他の人々にうまく溶け込めなくても気にはしていない。子供の頃から沢山の人の中でもまれて育ったというよりは、孤独を楽しむタイプだったのではないか。そういう育ち方をしていると、他人の目はあまり気にならない。むしろ自分の美意識や考え方に興味を持ちそれをより深く追求する。私に言わせれば他より自分に興味を持ち、自分を深掘りしていくタイプだったのではないか。

「枕草子」を書き続ける時には、自信たっぷりに自分の表現をする。ということは、自分の場で自分を生かしながら決して、諦めてはいなかった。自分の夢はこうありたい、こうあるべきだということ、そしていつかそうなると、信じている。

その意味でおめでたい才能の持ち主と言える。

おめでたいということはその人の持つ才能だと私は考えている。おめでたい才能の持ち主は、どんな環境にあっても諦めない。いつかそうなるとどこかで信じている。自分が思っていることがいつかやって来る。それがいつやって来るかの保障はないが必ず来ると思っているから、気付かぬうちに少しずつその方向に向かって努力しているのだ。

どの位時間がかかるかわからないが、それを待つ才能も持ち合わせている。簡単に結果を求めず、〝いつか必ず〟と思えることはよほどおめでたくないとできない。たいていの人は、すぐ結果を求めたり、対症療法に走ったりするが、おめでたいということは自分を信じられるかどうかだ。いつ来るかわからない。結果は来る時に来る。一生来ないかもしれず、保障はない。それでもしこしこと一日一日を積み上げていく。

私事で申し訳ないが、おめでたい才能にかけては私も人後に落ちない。物書きを自己表現として生きて行きたいと思ってから、他の職業で喰いつなぎながら決して諦めず、少しずつ書く方向に近づいていった。そして紆余曲折を経て、大まわりをしながら、七十歳を過ぎてやっと結果が出始めた。

それまで何度も折れそうになったり失敗をしたりしながら決して諦めなかった。おめでたい才能が私を支えてくれた。待つ力は大切なのだ。何もかも便利になった現代の人々は、すぐ結果を求める。それが得られないと挫折し諦める。私の場合、子供の頃結核で二年間、疎開をかねて山の上の旅館に隔離され同じ年頃の子と遊ぶこともなく、まだ特効薬もない頃のこととて安静にして時の経つのを待つしかなかった。それが後年の私にどんなに役立ったか。友達といえば寝間を這う蜘蛛しか居なかった。その蜘蛛が見事な網を軒にかける。そこに水滴の輝く美しさ！　蜘蛛はどこかに隠れて、いない。

いつ獲物がかかるかもわからず、ひたすら身を隠して待つ。その姿を毎日ながめて待つことを学んだ。あの子供時代が今の私を作ったと言って過言でない。待つ時は待つ、決して諦めたのではない。時期を待つのだ。エネルギーは必要だが、自分を信じて待つ。

清少納言にもそうした待つ時間があったのではないか。それが彼女のエネルギーを生んでいる。もちろん清少納言に我が身をなぞらえるなんぞはおこがましいが、彼女もおめでたいからこそ、いつかその日が来ることを信じて、見るべき物を見、聞くべきことを聞いて自分の内側に積み重ねていたに違いない。

期待は自分にするものである。他人に期待したら、不平と文句ばかりつのるが、自分に期待する分には期待はいくら大きくてもいい。できなければ自分にもどってくるだけだし、必ずとは言えないが思いはかなえられるものだ。自分の才能を勝手にここまでと決めてしまってはいけない。そう決めた人は自分で決めたのだから、そこが限度だ。限度を決めずおめでたくあること、清少納言の、他人を気にしないのびやかな物言い、独断と偏見であろうとひるまず発言するおおらかさ、時にそれがまさつの原因ともなるけれど、それでこそ清少納言の清少納言たるゆえんなのである。

## 人間の浮き沈みを知る

「枕草子」の中で、他の段と違ってとりわけ目立つものは、第六段である。

ここでは一つの物語が転回する。それも、動物、猫と犬を通して、人間の浮き沈みを表したものとして、心に残る。

私も初めてこの段を読んだ時は、動物好きとしてはしばしショックを受けたが、清少納言が伝えたかったのは人間の身の上も同じなのだということだったろうか。しかも第六段という「枕草子」の初めの方に出て来るだけに、なんらかの深い思い入れがあるに相違ない。

『上にさぶらふ御猫《おほむねこ》は、……』に始まる物語は要約すれば、こういうことだ。

当時、猫や犬など動物達も殿上で飼われているものは、大切に扱われていた。

殿上にいるその猫は、天皇に愛されていて、猫であっても叙勲されていて「命婦おど」(命婦さん)と名付けて可愛がられていたが、館の端に出て寝ていたので、乳母《めのと》の馬《むま》の命婦《みょうぶ》が「そんな所で寝るなんてみっともない。中に入りたまえ」と呼ぶが、日が当って気持ち良かったのであろう眠っていたのを驚かすために、犬の翁丸を呼ぶ。

平安時代の貴族が猫を可愛がった逸話は残されていて、猫もひもを付けている絵を見たことがあるが、叙勲されていたとは驚きである。殿上にいる動物は天皇の愛玩物として特別の存在だったのだろう。

名を呼ばれた翁丸は翁丸いづら。命婦のおとどくへ。命婦さんにかみつけ、と言われたので、犬は驚いて、猫に走りかかったので、猫はびっくりして御簾の内に入ってしまう。翁丸は屈強な犬だったので、猫は朝ごはんを召し上がっている天皇の所へ逃げる。

天皇も驚いて猫を懐に入れて、男達を呼び、やって来た蔵人忠隆《くらうどただたか》に、

「この翁丸はけしからん、犬島へ連れて行け。今すぐに」と命じられる。よほど天皇は猫を愛されていたのだろう。犬島とは、淀川の中州にある湿地が、当時は犬の流刑地になっていたらしい。それとは別に瀬戸内海に浮かぶ小島に犬島と呼ばれる場所があるが、ここではそれほど遠くない淀の湿地のことであろう。馬の命婦もおとがめを得て小さくなって御前にも出ず、犬はたたきのめされて追放されてしまった。

「かわいそうにあんなに悠々と歩いていたのに」と女房達が言い、清少納言も、

「三月三日には、藤原行成卿が柳の枝で作った髪飾りに、桃の花をさして歩かせていて、翁丸もこんな目に遭うとは思わなかったろうに」とあわれがった。

「定子の食事のお下がりをいただこうといつも待っていたのに淋しいことだ」などと噂をして三、四日経った昼頃、犬がひどく啼くので、一体どんな犬が啼いているのか、様子を見に行くと、

「まあたいへんだ、犬を二人して打っている。きっと死ぬでしょう。犬を流刑にしたが帰って来たので、こらしめているらしい」

翁丸にちがいないと、とめにやり、

「お前達何度打ったのだ?」ときけば、「死んだようなので、外に棄てました」という返

事。

その夕方、はれ上がって汚らしい犬がつらそうにふるえ歩く。

清少納言が「翁丸か」と聞き女房達も名を呼ぶが、知らぬふりでそうだとも違うとも皆口々に言い、よく翁丸を知る右近を呼んで「これは翁丸か」と聞くと、

「似てはいますが、あまりに汚らしく、『翁丸か』と言えば喜んで来るはずなのに、呼んでも来ない。『打ち殺して棄てよう』と二人がかりで打ったのだから、生きているはずがない……」

という答えに定子はつらい気持ちにさせられる。暗くなって食事をやっても食べないので違う犬だと一致したその翌朝、清少納言が定子の髪をくしけずっている時、鏡に映った柱の前に座る犬を見て、「かわいそうに、翁丸を昨日はひどく打って死んでしまって、次の世は何に生まれかわるか。佗しい気がする」というと、その犬が慄《おのの》きわなないて涙を流し続けるのに驚いた。やっぱりこの犬は翁丸だった。と定子にも言い天皇にも話す。二人共、犬にも分別があるものだと感心なさる。

その後勘当は解けてもとの様に可愛がられる様になったのは感動的である。犬の身の上を人になぞらえれば、清少納言と定子との犬にかける思いは同じ。さらに翁丸の非運とその後関白家と定子に対する中傷、そして後継とみなされた伊周が逮捕され、定子に

仕える清少納言の身の上など、人生の無情を暗示したものとして象徴的な段だと言える。

## なすべきことをなす

人生は、はかない。あれだけ憧れ夢見た宮仕えがかない、懸命に勤め、ようやく定子の信用も勝ちとることができ、うちとけて話せるようになったというのに、それは長くは続かなかった。

一体何が起きたのか。「枕草子」の中には第二百二十二段―第二百二十五段あたりにさり気なく書かれているが、宮中の裏では権力の交代がはかられていたのである。定子の父、藤原道隆が関白になり、娘の定子が一条天皇の中宮になり、道隆の人柄もあって、まつりごとは滞りなく行われているかに見えていたが、関白が病で亡くなると、今まで隠れていた正体が姿を現した。

道隆は、当然わが子伊周に跡を継がせたかったが、それを不満とする一派の力が強く道隆の弟、道兼が跡を継いで関白になったが、病弱で若くして亡くなると、待ってましたとばかりにその弟道長がその座を占め、さらに反対するものを排除しようとする。どこの国でもどこの家でもよくある跡目相続をめぐっての争いだが、天皇制を守って政治を動かす関白の座は、権力の頂点である。

正面に出てはこなくても虎視たんたんと狙いを定めて時機を待つ。歴史の中で起きる政変はほとんどと言っていいほどそうした謀略が渦巻いて起きるのだ。

関白の座についた道長はとりわけ権力欲が強く、政治力もあった。

時来れりと覚ると、まず娘の彰子を一条天皇の妃にするべく、中宮の座に据える。すでに定子という一条天皇の思いも強い妃がいるというのに。そこで定子を皇后と呼び、中宮には彰子を据えるいまだかつてなかった妃が二人という異常な形が出来上がる。といっても彰子はまだ十代で幼く、一条天皇の寵愛は定子にあり、その後続け様に妊娠する所をみても証明できる。

次に道長がとりかかったのは、兄道隆の子・伊周一派の追討である。その気になれば理由はいくらでもつく。まず都から左遷して要職から排除する。それを潔しとしないで、定子の元に保護されたのを追い討ちをかけるように、逮捕する。いつの時代も、どこの国でも同じことだ。

そんな中で定子はどんな思いだったか。あまり表に出さないが、その心労の大きさは想像に難くない。

それを支える女房達も如実に道長のやり方を見て、結束がゆらぐ。そしてこれもいつの世も同じだが、権力者につこうとする人達が出て来て、清少納言のまわりもさわがしい。清少納言はすっかり嫌気がさして宮仕えから一時、離れることを選んで里帰りする。

その間、着々と道長の政略は進み、彰子には紫式部という才女の噂の高い教育係をつける、その他にも和泉式部やら様々な女性をピックアップしたが、清少納言には声がかかったのか、かからなかったのか。かかるのも煩わしいし、かからないのも淋しいという微妙な心境だったろう。

実家にもどりひそかに「枕草子」を書きつづり、久しぶりに定子の所へ顔を出すと以前とは様変わりして、定子のまわりに賑わいはなし。かわって彰子の側ばかりが華やいでいる。清少納言が、漢文や漢詩で遊んだ貴公子達も逼塞《ひっそく》している。

それを見て清少納言は、自分一人になっても定子を守りぬこうと決意する。

そんな辛い状況の中でも、定子はおおらかさを失わず、以前と同様に清少納言と接しようとする。

しかし続け様に天皇と定子の間に子供が生まれ、その疲れも重なり、定子は亡くなってしまう。

ここに至って清少納言のとる道は何か。定子の二人の子の行く末を見届けるか、静かに身を引くのか。清少納言の選んだのは後者であった。

憧れてやっと手に入れた宮仕え、しかも定子というまたとない女性のそばに仕えて得意の漢学や和歌など身に付けた学を駆使して、男達からも清少納言ここにありと慕われた日々。しかし一たん事が起き権力を失うとどうなるか、その現実を如実に見てしまった。

彼女にできるのは、宮仕えで見たこと聞いたことを正直に連ね、「枕草子」にまとめる。そのために必要な紙はすでに手に入れてある。

定子のいない宮中は清少納言にとっては火の消えたも同然、結局定子の子二人も彰子に引き取られ、その教育係紫式部は、わが世の春を謳歌する道長の下で「源氏物語」を手がけていると聞く。清少納言は宮仕えでなすべきことをなし、美しいものも醜いものも全てを見てしまった。彼女は人知れず身を引く。形見ともいえる「枕草子」を残して。

## 淋しげなるこそあわれなれ

宮仕えを辞したあとの、清少納言がどの様な生活を送っていたかはよくわかっていない。ごく親しい人を除いては付き合いもせず、じっと身を潜めていたのだろう。あの才気溢れる女性がそうせざるを得ない情況とは、彼女を囲む人々が一人去り二人去り、一番大きかったのは定子の死であろう。そして彼女の男まさりの才を面白がった才ある男達の失脚、つくづく世のはかなさを感じ、父元輔の残した家にもどって、二度と宮仕えに出ようとはしなかった。

その彼女のひきこもった家は、父元輔の建てた家とも、夫棟世の家とも、その家は同じだったとも言われている。娘の小命婦も、後に宮仕えに出た後は、年上の夫の死もあり、決して豊かな暮らしではなかったろう。けれども彼女の心は満たされていた。念願の宮仕えで定子というまたとない人柄の女性に仕え、自分の才を思い切り発揮することができてありし日の事どもを書きつける毎日。

『この草子を、「人の見るべきもの」と、思はざりしかば、「あやしきことも、憎きことも、ただ思ふことを書かむ」と思ひしなり。』と第百三十四段で言っているが、当時の日記文学が人の目に触れることを意識して書かれたことを考えれば、「人の見るべきもの」としての意識はどこかにあったはずである。

『大方、これは、世の中にをかしき言《こと》、人のめでたしなど思ふべき名を選《え》り出でて、歌などをも、木・草・鳥・虫をも、いひ出だしたらばこそ、「思ふほどよりはわろし。心見えなり」と、譏《そし》られめ。』と跋文《ばつぶん》で自ら反省もしている。

『ただ、心一つにおのづから思ふ言《こと》を、戯《たはぶ》れに書きつけたれば、』

というのも自らの弁解であろうか。

「枕草子」には才気をひけらかすというより人生や自然に対する愛情に満ちた人間性が溢れ、これを読んだ人々は特に定子側が没落してからの清少納言の気持ちを知り、感動を呼び起こした。噂に聞く清少納言とは違って本物の清少納言は素朴で、しかし人の心のわかる女性だということが「枕草子」を通して伝わった。その意味でも「枕草子」が残されたということはいかに大事なことだったか。

当時の貴族社会の中での女性の生き方をおしはかることのできる貴重な資料でもあり文学でもあるのだ。

清少納言はその生まれ育ちからみても単純で、自分に忠実な人柄で、決して人をおとしめたり、足を引っぱる様な意地の悪さとは無縁であることがわかる。それがかえって仇となり、紫式部から怨念《おんねん》ともいうべき恨みを買うことにもなるのだが。

宮仕えを辞して後も、赤染衛門や和泉式部との間に培われた友情はこわれることもなく、みな清少納言の身の上を案じている。彰子の元へ行った女房達からも慕われたことをみてもわかる。

あともなく雪ふる里の荒れたるを
　いづれ昔の垣根とか見る　赤染衛門

雪がはげしく降ってへだてる垣もなく見渡されたのを見て、赤染衛門は歌を清少納言に送っている。

女一人の暮らしは、「淋しげなるこそあはれなれ」と彼女自身も考えていた。その慎ましげな暮らしぶりに、和泉式部は物を贈ったり、親しく歌を詠み合う間柄を続けた。

清少納言がいつまで生きたかは証拠がない。晩年は元輔の家の近くに住んだと思われ、それが赤染衛門の家から見えたという記述があるのみ。その月輪山荘は定子の鳥辺陵に近く、今の東山、泉涌寺のあたりというが定かではない。

若い頃の清少納言は父について寺をたずね歩き、その寺の法主とも仲が良かったことを考えると、最後まで定子の墓の近くに住み、手を合わせ、心の中で慕い続ける気持ちを失わなかったものとみえる。

紫式部がしたたかで賢く、まわりから敬遠される存在だったのに比べ、清少納言は最後まで人間らしい率直さを失わぬ人物だった。

人の本質を見ぬくことはむずかしい。

人の噂や定説を信じるのはたやすいことだが、その人物の本質を見ぬくためには作品を読み込むことが必要である。

この時代の優れた女達は、紙を得ることで作品を残している。そこから類推してその人物像を思い描くことは楽しい。世に残る評判ではなく、その膜を取り去って私は私の清少納言に出会えたと思っている。

## 短文で言いつくす

「枕草子」には実に様々なことが書かれている。硬軟とりまぜ、長短様々な文章が飽きさせない。

長い叙述もそれなりに面白いが、とりわけ私が興味を持つのが短文である。

短い文章を連ねただけで、人生のあらゆる場面を言いつくす。うっかり読んでいると、見過ごしてしまう。根をつめて言葉を追っていると、思わぬ発見がある。それは十分に現代に通じるものである。清少納言はそれをしっかりと拾い上げている。一行に、現代なら十分一冊書けるだけの深い意味が入っている。

それに気付いたのは、全文を原文で読もうと心がけてから三度目であった。それまでいかに字面だけ追っていたか、自らの浅薄さを今さらながら恥ずかしく思う。

「枕草子」の真実とは何か。

清少納言は何を見たのか、その観察眼の鋭さを表す段を取り上げて、その普遍性、現代にも通じる問題意識を取り上げてみたい。調子がいいので読みとばさぬように。

第百五十九段
『近うて遠きもの。
宮咩祭《みやのべのまつり》。
思はぬ同胞《はらから》・親族《しぞく》の仲。
鞍馬《くらま》のつづらをりといふ道。
師走《しはす》の晦《つごもり》の日・睦月《むづき》の朔《ついたち》の日の程《ほど》。』

近くて遠いもの、遠くて近きものという例は、現代の用語にも用いられているが、清少納言が見た近くて遠いものは、まず、「不断経」の中で描かれた宮咩祭。その頃の経の中では馴染みのものだったのだろう。

次に出てくる「思はぬ同胞・親族の仲」。これは当時も深刻な問題だった。目の前で起こった、弟道長による政権奪還、関白道隆がわが息子に跡継ぎをと考えているのに、その死後、弟の道兼が継ぎ、さらにその短い生の後、道長が継ぐ。兄弟の間柄でそんなことが起きるとは、道隆も想像しなかったろう。そしてさらに道隆の息子の失脚をはかり、自分がその座を乗っ取ろうとは。

思はぬ同胞――とは思いもかけぬ出来事だったことを示している。

同じ血を受けてはいても兄弟はいわば生まれた時からライバルである。片方が弱れば片方が乗っ取る例は、「古事記」「万葉集」をはじめ、歴史上にその例を見ること数多くある。貴族社会から武士の社会になると、頼朝と義経の例を挙げるまでもなく、武力で相手を殺すこともいとわない。

一番知らないのは、親、兄妹、子供など身近にいる人の心の内である。

近くにいるだけに一番よく知っていると思い込んでいるだけでその実一番知らない。知ろうとも思わない。知っていると思い込んでいるから始末に負えない。

私は十年近く前に『家族という病』（幻冬舎新書）を書いた。あれよあれよという間にベストセラーになり、その年の新書部門第一位をキープした。書いた本人がなぜだかわからず首を傾げた。私はただ、私の家族のことを赤裸々に書いただけである。死後の父・母・兄への私からの手紙をもとに、いかに彼等のことを知ろうとしなかったかを嘘をつかずに書いた。私と父との葛藤、母への批判、兄と父との長い間にわたる危険な関係、本当は人に知られたくないことを正直に。

それが読む人の心に響いたのか、道や店で、見知らぬ人から声をかけられ、「よくぞ書いてくれました」と言われた。涙ながらに自分の家族について訴える人もいた。みな同じ病をかかえている。お互いに理解していると信じているが、よく考えると相手のことを何も知らない。近くにいて知っていると思い込んでいるから、少しでも破綻すると、絶望と不満が渦まく。その悩みをかかえない人はなく、外から見て仲良く見えるようふるまうことでより以上に病が進む。

一番知らないのは家族同士。そのショックは大きい。今も多くのドラマ、映画に取り上げられるのは、家族内のスキャンダルだ。美談の形をとるからますますしんどい。永遠のテーマなのだ。

この重いテーマから清少納言は鞍馬の長く辛い道を思い浮かべ、目と鼻の距離がいかに厳しいか、日でいえば一日の差、年でいえば一年の差に清少納言の連想は飛ぶ。その意外性が新鮮なのだ。

## 男女の仲は遠くて近いもの

第百五十九段と第百六十段は対になっている。

『近うて遠きもの。』に続いて『遠くて近きもの。』である。

『遠くて近きもの。

　極楽《ごくらく》。

　船の路《みち》。

　人の仲。』

「阿弥陀経」によれば、極楽は、西方に十万億土の所にあるという。途方もなく遠い。そこへ辿り着くには多くの困難を乗り越えなければならない。仏教の曼陀羅を見るまでもなく、まずはえんま大王の審査を経て、長い長い旅の末に極楽浄土に辿り着く。誰でも行けるとは限らない。許されたものだけがその地に行ける。地獄に堕ちるもの、旅の途中でさまよっているもの、それぞれの人生にふさわしく、極楽に行き着くのはごく一握りの恵まれた人。

清少納言は、幼くして父と共に寺に詣でることが多かったので、仏教の教えに親しんでいたから、極楽がいかに遠いかがよくわかっていた。

一方、「観無量寿経」には「阿弥陀仏、去レ此不レ遠」。陀弥陀仏は近くにいると書かれているから遠くて近きものなのだ。

そして船の路、船の旅は時間がかかる。特に途中一つ一つ寄港していればより一層時間がかかる。しかし直行すれば早い。この時代、乗り物といっても牛車や馬であり、列車も車もないから、長旅をするには船に身を任せる方がかえって早く着く。

そして最後に人の仲。人とは男女をさすと考えると、男女の仲は遠くて近いものだと清少納言は言う。

今も言われるではないか。

「遠くて近きは男女の仲」と。

清少納言は様々に連想する。彼女のまわりをとりまいていた男達。どんな縁があって夫婦になり、子を生《な》したのであろうか。

清少納言は十代の頃若くして一つ違いの橘氏の則光と結婚するが、ほどなく別れて彼は同族の娘と夫婦になる。彼には清少納言の頭の良さについていけなかったのであろうし、なんでも和歌にたとえ、返歌をせねば馬鹿にされる貴族社会がうっとうしかったのだろう。前にも書いたが、清少納言に和歌を作ることを禁じたり、自分のコンプレックスを助長するような行為をやめさせようとする。

やはり男性上位であったことは変わりがなかったとみえる。しかし則光なる男性、性格は良かったとみえて、後に清少納言が一人になってからは、兄と妹だといって何くれとなく面倒をみてくれたようだ。

則光と別れて、いずれかの貴顕の家女房として出仕をするようになった清少納言は、定子の元に宮仕えする直前、棟世と再婚。28歳であった。

この時代の結婚は、女にとってどういうものであったか。清少納言の二人の夫に対する記述などから考えて、今でいう恋愛結婚ではなく、女が生活できるために特定の男性と暮らすというもので、最初は年相応の男と一緒になり、後に、年輩の男性で暮らしの土台のできた男を選ぶというのが常套手段であった。

その上で妻問婚でもあったので、通ってくる男達と情を通じることも珍しいことではなかった。恋愛と結婚が別のものとして認められた。

女達はその相手と様々な形で逢瀬を重ねる。それも一人とは限らない。男女二人が合意すれば成立し、合意せずとも強引に男が女の寝所に入り込むケースも多々あったことは、「源氏物語」に詳しい。

清少納言の場合はどうだったか。才女の噂高き彼女をものにするのは、男にとっても大変で、つい話に夢中になって朝方になってしまったこともあった。打てば響く様な会話ができる女性は貴重であって、本来なら恋人になるべきところが親友になったり、お互い情を通じる隙を見つけられなかったり、それはそれで清少納言にとっては、嬉しくもあり哀しいことでもあった。

私自身をふり返ると、若い頃、男友達は沢山いたが、恋人と呼べるのはたった一人であった。

その恋人に想いがつのればつのるほどせっかくの逢瀬にもお互いが意識し過ぎて、なかなか正直にうちとけられない。そんなことを続けるうち、環境の変化で会えなくなる。清少納言が心に秘めた男性は、藤原実方。その訪れを待つ可憐な清少納言がいる。実方の方にもその気があったのだろう。

まだ清少納言が定子の下にあった頃、秘かに彼女の元を実方が訪れた夜、皮肉にも、彼女はそれを知りながら応えることができなかった。朝まで扉をたたき続ける音を聞きながら、会えないままに朝が訪れ、その音は、止んでしまう。それ以後機会はなく、いわば清少納言も思いをとげられなかった。だからこそ、実方はいつまでも彼女の恋人であり、一生忘れられぬ人となったのだ。

## 最期まで一歩、一歩

第二百四十二段。

もし「枕草子」で好きな段を選べと言われたら、私は迷わずこの段を挙げるだろう。

ここには、清少納言の人生への思いがつまっている。

『ただ過ぎに過ぐるもの。

　帆かけたる舟。

　人の齢《よはい》。

　春・夏・秋・冬。』

短い文章の中で、文字の一つ一つが重みをもって迫ってくる。

どんどん過ぎていくもの。

「過ぎに過ぐるもの」の「に」は連続する、ひたすら続くものが示されている。その過ぎていくものの速さ、特に、宮仕えに出てからというもの息つくひまもないほどの忙しさにまき込まれた。

夢中で過ぎた少女時代。

結婚し、子ができて、ようやく自分が生きるべき道は、自分に具《そな》わった才能を生かすことだと気付き世の中に出て行く。

憧がれていたとはいえ、思いもかけぬ世界だった。外から見ていれば華やかな世界であったが、作り上げているのが一人一人の人間であるならば、いいことばかり起きるわけではない。むしろ悲しい、辛い出来事ほど心に残り幸せな時間は忘れてしまう。

そして気が付いてみれば、人生はあっという間に過ぎゆくものである。『過ぎに過ぐる』と、「過ぎ」を二つ重ね合わせた所に、清少納言の想いが感じられる。過ぎに過ぎゆくもの、ただただ過ぎ去っていくもの、私自身も、若い頃は一日が長かったが。年を重ねるにつれて速くなり、さらに七十、八十となると一年のなんと短いこと！　年が明けて正月が過ぎて日常にもどったと思う間もなく、五月の連休から初夏になり、衣更えをする間もなく夏となり、夏休み、夏が終わると思う間もなく、九月、十月と過ぎ、十一月になると年の暮れ。そして正月が待ち構えている。一年のなんと早いことか。頭の上を歳月が飛んでいく。昨年（二〇二三年）なんぞは、十一月になっても夏日が続き、最高記録を更新し、十一月七日、東京ではついに二十七度を記録した。

その後急に寒くなり、もはや、夏と冬だけになってしまったようだ。とても地球温暖化などといってのんびり会議などしている場合ではない。春と秋という微妙な季節、桜と紅葉を楽しむことができる「よくぞ日本に生まれける」という季節はもはや消えようとしている。淋しいことだ。こうなると私が「枕草子」を書いた清少納言を俳句人間と呼ぶことも難しくなってくる。いや、あの時代にこそ季節感があり、俳句が成立したのだと言えるかもしれない。

『過ぎに過ぐるもの。』の最初は「帆かけたる舟。」と目に見える絵の様な風景に始まり「人の齢。」と続くあたり目に見えるものから、目に見えないものへと移り、清少納言の本音が出てくる。そして「春・夏・秋・冬。」と四季に移り、見事に第一段の「春は、あけぼの」と呼応している。その意味でこの段は彼女の人生への思いがつまっていて、もし一言で「枕草子」を表現しろと言われたら、私がこの段を挙げる理由だ。

特に、晩年蟄居して表に出なくなってからの清少納言の暮らしは、ますます早く感じられたに違いない。

彼女は死をどうとらえていたのか。人が齢を重ねるということは、死が近づいてきたことと同義語である。この世に生まれたということは、死に一歩ずつ近づくために生まれたとも言え、人間は死ぬために生きているのだと言えなくもない。

だんだん少なくなってくる生の日をだからこそ、大切に、一歩ずつ歩んで行きたいものだ。

清少納言は無言のうちにそれを悟っていたと思える。決して自分の生に逆らおうとはしていない。むしろ従順にしたがって、ひっそりと人前に出ず、ありし日の定子との想い出に生きた。

あの才気煥発な若い頃の清少納言と、定子の墓のそばにある家で余生を送った清少納言のどちらが本物であろうか。

彼女が亡くなったのは何歳であったか、そして季節はいつであったか。

私は朽ち葉が土に埋もれて朽ちていくように、自然に逆らわず自分の寿命を生ききって、息を引き取ったのではないかと勝手に想像する。ということは秋から冬にかけての頃、この原稿を書いているちょうど今頃であろうか。

最後に彼女の頭に去来したものは何か聞きたい気がする。

## ひとりになったら、ひとりにふさわしく

ひとり住まいになった清少納言の生活は貧しくて同情をひくものだというのが定説になっているが、それではどんな暮らしならば彼女にふさわしいというのだろう。

『女ひとり住むところは、いたくあばれて、築土《ついひぢ》なども全《また》からず、池などあるところも、水草《みくさ》ゐ、庭なども、蓬《よもぎ》に茂りなどこそせねども、ところどころ、砂《すなご》の中《なか》より青き草うち見え、淋《さび》しげなるこそ、あはれなれ。』（第百七十一段）

清少納言が考えるひとり住まいは、荒廃して、土塀なども完全でなく少し崩れたりして、池などがある所も、水草が凝《こ》り固まって生え、庭なども蓬《よもぎ》でぼうぼうだというほどでなくても、ところどころ砂の中から雑草がちょいちょい生えて、淋し気であるのこそ、風情がある。

この場合、「あはれなれ」とは風情があるということで気の毒だという意味ではない。こうした侘び住まいは清少納言の望むところであって、ここにも彼女の美意識が見てとれる。決して強がりを言っているわけではなく、日本人の考え方の中にはそうした侘び住まいへの憧れといったものもあり、確かに女ひとり住むところがいやに派手派手しくあるのは決して美しくはない。

人生の終わり方については、女は尼になり、男は僧侶になるというのが一つの定型になっており、自分の人生の終わり方を色々考えていたはずである。仏教の影響もあり、住まいも年齢にふさわしく、若い時は人目を気にして整えていても年齢と共に、侘び・さびの世界に入り、兼好法師は自らの庵で「徒然草」を書き、「方丈記」を書いた鴨長明も徐々に人里離れた山奥へと住まいを移しながら、自然と共に朽ちていく。日本人にはそうした美意識が昔からあった。女性でも清少納言をはじめ、随筆では道綱の母などもそうした住居をしながら晩年を過ごした例はある。

『ものかしこげに、なだらかに修理《すり》して、門《かど》いたく固め、きはぎはしきは、いとうたてこそおぼゆれ。』(第百七十一段)

いかにもしっかり者らしく、非のうち所なく手入れが行き届いて、戸締まりもいかめしく、パリッとしているのは、不愉快な感じがするものだと清少納言は言う。

彼女の美意識にはそうした住居で晩年を過ごしたいという思いはない。

むしろひっそりと、知る人ぞ知る、簡素な住まいで身を潜めていたい思いがある。

それにいつまでも、美しく整えられた住居をしていると、今も男の世話になって暮らしているのではないかと思われてしまう。清少納言はそれを快しとしない。

ひとりになったらひとりにふさわしく、わが身と付き合ってやりたい。このあたりにも彼女の中にある潔さが見てとれるというものだ。

上野千鶴子著の『おひとりさまの老後』(文春文庫)ではないが、私もおひとりさまの覚悟はできている。

誰もがこの世に出て来た時から一人であり、短くても長くても、家族がいようといまいと、おひとりさまで生きていかねばならず、そして最後が近づけば、一人去り二人去り、結局最後はまた一人きりになってしまう。

なんといいとおしいことよ。そう思えばわが身の心の声を聞き、体の声を聞き、自分らしい人生が送れればいいと、常々思っている。

清少納言は、個性の強い分、おひとりさまについても意識していたであろう。夫がいようと、子供がいようと、結局私は一人。そしてあの世へ旅立つ時は、すっきりと生まれてきた姿にもどってあの世へ去って行く。彼女には常にそうした諦観がどこかにあったと思える。

それはどこから来たのか。父が年老いてからの子であったということからか、母についての記述のなさから、若くして個を自覚せざるを得ず、自分の道は自分で開くしかないということを思い知って、宮仕えをし、そこで最高の友とも、運命の女性ともいうべき定子との出会いがあって、そしてまたおひとりさまにもどる。

そのおひとりさまに似合った暮らしとは何か。清少納言は決してひ弱な女性ではない。育った間は、父の過剰な愛情のもとに決してたくましくはなかったが、長ずるにつれて、自分一人生きることを知り、決して男に頼らず自ら自分の人生を生きた。

私の母が亡くなった時、母の枕元には、備前長船《おさふね》の銘のある短刀があった。父亡き後の人生、その短刀を見ることが支えになったのだろうか。清少納言の最期を想像するばかりである。

ひとり住まいになった清少納言が、時に思い出すのは「枕草子」に描かれた、定子との思い出、特に、第二百八十段の通称「香炉峯の雪」である。

『雪の、いと高う降りたるを、例ならず御格子まゐりて、炭櫃に火熾《お》こして、物語りなどして、集まりさぶらふに、

「少納言よ、香炉峯《かうろほう》の雪、いかならむ」

と、仰せらるれば、御格子上げさせて、御簾を高く揚げたれば、笑はせたまふ。人々も、

「さる言《こと》は知り、歌などにさへ唱《うた》へど、思ひこそよらざりつれ。なほ、この宮の人には、さべきなめり」

といふ。』

清少納言は雪が好き、それもきりりと寒い日の雪が。

雪が高く積もった日、まだ日も高いうちに角火鉢に火を熾こして、女房たちが話し合っていると、定子がおっしゃった。

「少納言よ、香炉峯の雪、いかならむ」

折角の雪景色を閉め切っているので、例えて白楽天の詩集からどれだけ積もったかと聞かれる。答えは簾を高く揚げて景色を見せること。

すぐに定子の問いに詩の文句を動作で答えるあたり、その文句は知っていても、他の女房達には思いもつかない。清少納言の面目躍如とした話である。


そして第二百二十四段。

『清水にこもりたりしに、わざと御使して賜はせたりし、唐《から》の紙の赤みたるに、草《さう》にて、

「山近き入相《いりあひ》の鐘の声ごとに
　恋ふる心の数は知るらむ
ものを、こよなの長居や」

とぞ、書かせたまへる。

紙などの、なめげならぬも、とり忘れたる旅にて、紫なる蓮《はちす》の花びらに、書きてまゐらす。』

清水寺にこもっていた時、定子からいただいた手紙。

舶来の赤い紙に漢字の気配を残して草の仮名で、清少納言の気に入るように気付かっ

た手紙。

「夕暮れの鐘の音に恋しく思う私の思いの数はわかっていますか、ずい分の長逗留だこと！」と書いてある。

この時は旅先でちょうどいい紙を持っていなかったので、紫の蓮の花びらに返歌を書いたという。

あれもこれも今はいい思い出である。


思い出とは何か、思い出とは思いを出すことだと私は思っている。

その人のことを思っている時、その人がそばに立っているのを感じる。亡くなった人であるほど、その影は生前のように寄り添ってくる。

清少納言は、ひとり居の中で何度も最も恋しい人、定子のことを思い出す。あの時、この時、まるで目の前にあるように。

それが清少納言の心をなぐさめる。思い出の中に生きる、それもまた人生である。思い出はふだんは消えていてもその人のことを思うと煙のように立ちのぼる。その人の声、手紙の文字、そしてほほ笑み、その中で清少納言は十分に幸せな時を過ごした。しかも「枕草子」を書くことで、その場面を、事どもを反芻できる。物を書くことを知る清少納言の幸せは、それを読む私にも伝わって来る。一度も会ったことのない彼女の喜び悲しみが手に取るようにわかり、彼女と同じあわれを知ることができる。物を書くことをなりわいにして良かった、と思う瞬間である。

**参考原典**

清少納言著／萩谷朴校注『枕草子（上）新潮日本古典集成』（新潮社）
清少納言著／萩谷朴校注『枕草子（下）新潮日本古典集成』（新潮社）
清少納言著／池田亀鑑校訂『枕草子』（岩波文庫）

**参考資料**

三枝和子著／『小説清少納言　「諾子の恋」』（福武文庫）
紫式部著／池田亀鑑・秋山虔校注『紫式部日記』（岩波文庫）

『第三章　四季で知る「いとをかし」』は株式会社和漢薬研究所刊「主治医」（一九九九年十月号～二〇〇一年十二月号）の連載を書籍化にあたり編集したものです。

本文ＤＴＰ　有限会社マーリンクレイン
校正　有賀喜久子
写真提供　佐野　篤

下重暁子（しもじゅう・あきこ）

一九五九年早稲田大学教育学部国語国文学科卒業。同年NHKに入局。アナウンサーとして活躍後、一九六八年フリーとなる。民放キャスターを経て、文筆活動に。公益財団法人JKA（旧：日本自転車振興会）会長、日本ペンクラブ副会長などを歴任。現在、日本旅行作家協会会長。『家族という病』『極上の孤独』（ともに幻冬舎新書）、『鋼の女 最後の瞽女・小林ハル』（集英社文庫）、『人生「散りぎわ」がおもしろい』（毎日新聞出版）、『結婚しても一人』（光文社新書）など著書多数。

ひとりになったら、ひとりにふさわしく
私《わたし》の清《せい》少《しょう》納《な》言《ごん》考《こう》



二〇二四年二月二十九日第一刷発行

著　者——下重暁子《しもじゅうあきこ》
発行者——碇　高明
発行所——株式会社草思社
〒一六〇—〇〇二二
東京都新宿区新宿一—一〇—一
電話　営業〇三（四五八〇）七六七六
　　　編集〇三（四五八〇）七六八〇
印刷所——中央精版印刷株式会社
製本所——中央精版印刷株式会社

ISBN978-4-7942-2706-5 Printed in Japan 検印省略



ご意見・ご感想は、
こちらのフォームからお寄せください。
https://bit.ly/sss-kanso